हिन्द स्वराज : एक अनुशीलन

भारतीय उच्च अध्ययन संस्थान
शिमला

हिन्द स्वराज : एक अनुशीलन

त्रिदीप सुहृद

राजकमल प्रकाशन
नयी दिल्ली पटना इलाहाबाद कोलकाता

ISBN : 978-81-267-2496-3

मूल्य : ₹ 250

पहला संस्करण : 2014

प्रकाशक : राजकमल प्रकाशन प्रा.लि.
1-बी, नेताजी सुभाष मार्ग, दरियागंज
नई दिल्ली-110 002

शाखाएँ : अशोक राजपथ, साइंस कॉलेज के सामने, पटना-800 006
पहली मंज़िल, दरबारी बिल्डिंग, महात्मा गांधी मार्ग, इलाहाबाद-211 001
36 ए, शेक्सपियर सरणी, कोलकाता-700 017

वेबसाइट : www.rajkamalprakashan.com
ई-मेल : info@rajkamalprakashan.com

आवरण : महेश्वर

मुद्रक : बी.के. ऑफसेट
नवीन शाहदरा, दिल्ली-110 032

HIND SWARAJ : EK ANUSHEELAN
by Tridip Suhrud

अर्पण

दीपा एवं सुरेश शर्मा को

ऋण स्वीकार

इस निबन्ध को हिन्दी में लिखने की हिम्मत मैं कभी न जुटा पाता यदि सुधीर साहिब और गीतांजलिश्री ने हौसला न बढ़ाया होता।

यह निबन्ध शिमला स्थित भारतीय उच्च अध्ययन संस्थान में लिखा गया। पिछले कई वर्षों से इस संस्थान ने मुझे और मेरे अपनों को पनाह दी है। संस्थान, इसके अध्येता, कर्मचारीगण और खासतौर पर इसके तत्कालीन निदेशक प्रोफ़ेसर पीटर रोनल्ड डिसूज़ा ने मैत्री, सौहार्द और ऋजुता का माहौल बनाया और उसकी मावजत की। इस मैत्री की आबोहवा में सुकून मिला और लेखन-अध्ययन का अवकाश भी।

इस निबन्ध को कई मित्रों के साथ बाँटा, सुधीर-गीतांजलिश्री और विजया सिंह के घर में इसका एकाधिक बार पठन किया। इस महफिल में शामिल और मित्र भी थे-मोहिन्दर सिंह, सत्यव्रत दास, राजकुमार हंस, प्रमोद कुमार, शोमू और जब दिल ने इजाजत दी तब संजय पलशीकर। कुछ अरसे के बाद कविता पंजाबी, वृंदा डालमिया और राकेश पांडेय ने भी मित्र भाव से इस निबन्ध के अंश सुने। इन तमाम का ऋणी हूँ।

संस्थान के सर्वश्री अशोक शर्मा, देबर्शी सेन और विजेंद्रसिंह राणा का खासतौर पर आभार व्यक्त करना चाहूँगा।

मेरे ऊपर सर्वाधिक ऋण सुरेश शर्मा और दीपा जी का है। हिन्द स्वराज का पठन और अध्ययन सुरेश साहिब के साथ शिमला में शुरू किया। कुछ तीन दशक हुए। वह राहबर बने। दीपा जी ने इन

वर्षों में अविरत प्यार और हुफ़ दिए। इस मैत्री का, प्यार का और राहबरी का ऋण चुकाने की कोशिश भी मैं नहीं करूँगा, क्योंकि कुछ ऋण तोहफा होते हैं।

इस निबन्ध का अन्तिम पाठ तैयार करने में मुझे अनंत कुमार ने सहायता दी। अनंत का धन्यवाद।

राजकमल प्रकाशन के श्री अशोक महेश्वरी का आभार। गुजराती-भाषी की हिन्दी लिखाई छापने की हिम्मत बहुत कम लोग जुटा पाते हैं।

साबरमती आश्रम के मेरे साथी किन्नरी भट्ट, अमृत मोदी का आभार।

मेघा, कात्यायनी और सुहृद एवं बिनीता का हमेशा की तरह बिना कोई बोझा लिये खूब आभार।

त्रिदीप सुहृद

हिन्द स्वराज बाँचने का न्यौता

एक लम्बे अरसे तक आधुनिक भारत में औपनिवेशिक प्रभुत्व के प्रभाव में उपजी सामाजिक चेतना के विकास का अध्ययन करने के बाद मुझे लगा कि गाँधी को समझना ज़रूरी है। सो धीरे-धीरे गाँधी को समझने की कोशिश शुरू कर दी। इसी कोशिश के शुरुआती दौर में मैं कुछ किताबें हाथ में लिये था कि मेरे गुरु, प्रोफ़ेसर वी.एन. दत्ता, मिल गए। किताबें देखते ही बोले : 'वॉट आर यू रीडिंग दीज़ डेज़?' मेरे बताने पर कि वे सारी किताबें गाँधी के बारे में हैं, मेरे गुरु ने कहा : 'रिमेम्बर, द बेस्ट ऑन गाँधी इज़ गाँधी।'

बड़ी पते की है गुरु की बात। गाँधी को समझना है तो गाँधी से सीधा सम्बन्ध बनाना होगा। उन में रमना होगा। रमने में लड़ना भी चलता ही रहेगा। बहुत कुछ होगा जिसका पता तभी चलेगा जब यह सम्बन्ध बनेगा। और जो कुछ भी होगा–या नहीं होगा–वह गाँधी से सम्बन्ध बनाने की कोशिश करनेवालों की अपनी फ़ितरत पर भी निर्भर करेगा। यह भी होगा–अगर कोशिश चलती रही कि गाँधी से जूझने में फ़ितरत ही बदलने लगे।

त्रिदीप सुहृद ने गाँधी से सीधा सम्बन्ध बना लिया है। धूनी रमा ली है गाँधी की उन्होंने। कहते हैं न, जिन खोजा तिन पाइयाँ गहरे पानी पैठ।

गाँधी का पानी बड़ा गहरा है। अथाह। कितना भी पा लो, समझ लो, बचा ही रहता है बहुत कुछ पाने को, समझने को।

इसलिए कि गाँधी को समझना किसी एक खास व्यक्ति को समझना भर नहीं है। गाँधी को समझना मानवीय सम्भावनाओं को समझना है। मानवीय सम्भावनाओं को समझना, यानी कि अपनी सम्भावनाओं को समझना। अपनी दबी-छिपी निजी सम्भावनाएँ और मानव की सामूहिक ऐतिहासिक सम्भावनाएँ।

कौन गाँधी ने ही अपने को पूरी तरह पा-समझ लिया था? जिन परीक्षणों के प्रकाश में वह अपना बनना देखते थे वे परीक्षण चल ही रहे थे जब उनका पार्थिव अन्त आ गया। यह अन्त, गाँधी के लिये, न अप्रत्याशित था और न ही अकस्मात। (गुजराती में दुर्घटना, ऍक्सिडैंट, को अकस्मात कहते हैं।) इस अन्त के आने से पहले ही वह, 125 साल तक जीने की इच्छा तज, ऊपर उठा लिये जाने की प्रार्थना करने लगे थे। पर, साथ ही पार्थिव अन्त को गाँधी अन्त मानते ही नहीं थे।

वह जानते थे, बार-बार कहते थे कि उनके जाने के बाद उनके लिखे-किए के जो निरन्तर अर्थोद्घाटन होंगे, उनकी मार्फ़त वह-गाँधी-न केवल जीते रहेंगे वरन् निरन्तर विकसित भी होते रहेंगे।

त्रिदीप सुहृद में गाँधी ज़िन्दा हैं, विकासमान हैं। हमसे मुख़ातिब हैं। फिर भी त्रिदीप सुहृद त्रिदीप सुहृद हैं, गाँधी नहीं हैं। हमें न्यौता दे रहे हैं अपने साथ गाँधी के बीज-ग्रंथ *हिन्द स्वराज* को बाँचने का। इस विश्वास के साथ कि एक बार हमने उनका न्यौता मान लिया तो निश्चय ही देर-सबेर हम सीधे गाँधी से ही बात करने लगेंगे। शुरू करेंगे वह सिलसिला खुद *हिन्द स्वराज* पढ़कर। देखेंगे कि कहाँ त्रिदीप से हमारी सहमति है और कहाँ असहमति। और क्यों?

बात वहीं नहीं रुकेगी। एक बार दिलचस्पी जग गई तो जल्दी ही दिखाई पड़ने लगेगा कि 1909 में *हिन्द स्वराज* की जो इबारत गाँधी ने तैयार की-या उनके अन्दर से बरबस फूट निकली-वह उन बातों से पूरी तरह मेल नहीं खाती जो बाद में, *हिन्द स्वराज* के ही नाम में (बगैर उसका एक भी शब्द खारिज करते हुए), गाँधी कह रहे होते हैं। तब हम देखेंगे कि सवाल सिर्फ त्रिदीप और

हमारे बाँचने के फर्क का नहीं है। हमारा बाँचना–1909 की इबारत का–बहुत सम्भव है हमारी मुठभेड़ गाँधी से ही करा दे।

वह बड़ी चुनौती भरी स्थिति होगी। पक्के सत्यार्थी की स्थिति। गाँधी के कहे के अर्थ पर गाँधी से ही बहस। वही वह स्थिति होगी जिसमें वाकई सार्थक ढंग से हम सोच-समझ पाएँगे कि आज गाँधी का क्या मतलब और महत्त्व है। क्या है उनकी सम्भावना? अकारण नहीं कि शुरू में ही *हिन्द स्वराज* की 'प्रवाहिता' की ओर हमारा ध्यान खींचते हुए त्रिदीप सुहृद कहते हैं : 'इस की प्रवाहिता हमें व्यग्र करती है और इसी कारण बार-बार उससे जूझने का न्यौता देती है।'

रमने का, गोता लगा के गहरे में जाने का अपना असर होता है। यह असर गाँधी के बोलने और लिखने में बखूबी देखा जा सकता है। मुश्किल से मुश्किल, पेचीदा बात निपट बोलचाल की भाषा में कह-लिख देते हैं वह। त्रिदीप सुहृद के गाँधी में रम जाने ने उनको ऐसी साफ पारदर्शी नज़र दी है कि वह भी निहायत सादा तरीके से कठिन से कठिन विचारों को हमारे सामने रख देते हैं। कोई दिखावा नहीं है उनके लिखने में, न कोई दम्भ अपने ज्ञान और अपनी समझ का।

जो है सो एक मजबूरी है। एक विकलता। भटके, आत्मघाती जगत तक गाँधी को पहुँचाने की विकलता। जानते हुए कि वक्त निकलता जा रहा है। जगत के बचने बचाए जाने का वक्त। वक्त के तेज़ी से निकलते जाने का एहसास तो गाँधी को भी हो रहा था। उसी अहसास ने 113 साल पहले उन्हें मजबूर कर दिया था–*हिन्द स्वराज* लिखने को। आज तो अपने उत्तर-आधुनिक अवतार में आधुनिकता कहीं ज्यादा दुर्दम्य हो गई है। 'इससे बचने का अभी उपाय है लेकिन दिन-प्रतिदिन वक्त निकलता जा रहा है'–लिखा था गाँधी ने *हिन्द स्वराज* में। त्रिदीप सुहृद याद दिलाते हैं इस कथन की। बगैर इस पर अपनी टिप्पणी करते हुए। शायद निश्चित ही मानते हुए कि आज तो और भी देर हो गई है।

हताशा में भी तो बची रहती है आशा?

हाथ कंगन को आरसी क्या? त्रिदीप सुहृद का पाठ आपके हाथ में है। आप खुद इसे पढ़ेंगे, परखेंगे, इसको पढ़ते-पढ़ते और पढ़ने के बाद बहुत कुछ सोचने पर मजबूर होंगे। अपने बारे में, अपनी दुनिया के बारे में, कुछ करने की जरूरत और सम्भावना के बारे में। और, आश्चर्य होगा अगर ऐसा न हो, गाँधी की छोटी-सी कितबिया–*हिन्द स्वराज* पढ़ते हुए पाएँगे अपने आपको। जब ऐसा हो तो मेरी एक अरज भी याद कर लीजिएगा। जैसे भी हो, गाँधी के आखिरी डेढ़-दो साल के लगभग हर शाम दिए गए 'प्रार्थना प्रवचन' ज़रूर बाँच लीजिएगा। बहुत कुछ जो आप सोचते-मानते रहे हैं अपने बारे में, अपने समाज-धर्म-संस्कृति-इतिहास के बारे में, दुनिया के बारे में, डोलता नज़र आने लगेगा। आप काफी कुछ नई नज़र से सोचते पाएँगे अपने आपको। गाँधी भी तब काफी नए-नए-से दिखने लगेंगे आपको। जितना 'राष्ट्रपिता' के रूप में वह बड़े लगते हैं उससे कहीं बड़े। जिन अर्थों में और जिन कारणों से बड़े लगते हैं उनसे हटकर बड़े। साथ ही, खासतौर से अपने आखिरी दिनों में, दारुण निस्सहायता के शिकार भी।

तब आप देखेंगे, शायद कि गाँधी की सफलता अगर अभूतपूर्व थी तो जो कुछ उन्होंने अपने आखिरी दिनों में देखा-भोगा वह बड़ा त्रासद था। यह भी कि वह सफल हुए हमारे–आम जन के–मानने से और उनका त्रासद अन्त हुआ तो हमारे उनको तज देने से। वह वापस आते हैं तो हमारे मानने से ही आएँगे।

गाँधी की वापसी बगैर *हिन्द स्वराज* को अपनाए हो नहीं सकती। 1909 की इबारत को अक्षरशः मानकर नहीं। उसकी प्रवाहिता को आज के सन्दर्भ में पहचान कर। वैसे ही जैसे कि गाँधी अन्त तक करते रहे, और इस पाठ में त्रिदीप सुहृद ने किया है। *हिन्द स्वराज* की इबारत के परे उसके भाव-जगत को पहचान कर।

त्रिदीप बड़े प्रिय बन्धु हैं मेरे। बहुत स्नेह हैं हमारे बीच। उमर में काफी छोटे हैं वह मुझसे। कितने छोटे, जानने की कोशिश नहीं की। प्रसन्न हूँ कि ऐसे विवेक-सम्पन्न, संवेदनशील साधक-विद्वान की मित्रता मिली है मुझे।

इसीलिए मैंने नहीं पूछा उनसे कि क्यों चाह रहे हैं वह कि उनके ऐसे अनोखे पाठ की प्रस्तावना मैं लिखूँ। अपना परम सौभाग्य मान कि गाँधी और गाँधी के परम साधक के नाम से मेरा नाम भी जुड़ जाएगा, तैयार हो गया वह करने को जिसकी कोई ज़रूरत ही नहीं।

हाँ, एक बात है कि जिसकी तरफ आपका ध्यान खींचना चाहूँगा। गाँधी गुजराती-भाषी थे, त्रिदीप भी गुजराती-भाषी हैं। गाँधी ने एक विलक्षण हिन्दी विकसित की। उनके प्रार्थना-प्रवचन उस हिन्दी के-अच्छी हिन्दी के-सर्वोत्कृष्ट उदाहरण हैं। त्रिदीप सुहृद का मूल रूप से हिन्दी में लिखा यह पाठ गाँधी की हिन्दी की विलक्षण परम्परा को आगे बढ़ाता है। ऐसी कोमल, सशक्त, सटीक भाषा कम ही देखने को मिलती है। ऐसी भाषा जहाँ शब्द और विचार के बीच सदा बनी रहनेवाली परछाईं गायब हो गई लगती है। त्रिदीप की हिन्दी, गाँधी की हिन्दी की तरह ही, दिखाती है कि देश की दूसरी भाषाओं के सम्पर्क से हिन्दी की शब्द सम्पदा की अपार स्वाभाविक वृद्धि तो होगी ही, साथ ही उसे अपने प्रचलित शब्दों के अनोखे अन्य रूप भी दिखाई पड़ेंगे।

आपके और गाँधी-त्रिदीप के बीच में आ पाने के सौभाग्य का दुरुपयोग नहीं करूँगा। सो अन्त गाँधी के एक मूलमन्त्र से : 'हर कोई अपने को देखे।' अपने संकट-ग्रस्त जगत के सन्दर्भ में गाँधी-त्रिदीप को गौर से देखिएगा। अपने उस देखने को भी उतने ही गौर से देखिएगा।

–सुधीर चन्द्र

अनुक्रम

हिन्द स्वराज : एक नोंध

हिन्द स्वराज 1909 में लिखा गया। यानी 1908 में नहीं। फिर भले गांधी ने खुद और महादेव देसाई जैसे ने भी एकाधिक बार 1908 का जिक्र किया हो। 1909 यानी बीसवीं शताब्दी का पहला दशक। हिन्द स्वराज न तो 19वीं शताब्दी में लिखा गया और न ही 20वीं सदी के अन्त में। (बीसवीं सदी के अन्त में गांधी हमारे बीच सशरीर, सदेह हाजिर नहीं है ऐसा जानते हुए, उसका दर्द महसूस करते हुए भी यह कहना जरूरी है क्योंकि हिन्द स्वराज के पुनर्लेखन के हमारे प्रयास के लिए शायद दार्शनिक धरातल नहीं बचा है।)

बीसवीं सदी का प्रथम दशक। इस दशक में हिन्द स्वराज की नींव में जो दर्शन है, जो विचार बीज है उसकी सम्भावना जीवित थी। परम्परा और आधुनिकता के बीच कोई ऐसी सबल, ऊबड़-खाबड़ ही सही, फिर भी वास्तविक भूमि थी जो न थी रूढ़ि परायणता और न ही अंधाधुंध, बेलगाम आधुनिकता। इस भूमि को क्या नाम दें? (नाम देना, संज्ञा देना जरूरी हो गया है क्योंकि हम तो अनामिका का अस्तित्व ही मानते नहीं।) उसे बिन-आधुनिक / प्रति-आधुनिक (एंटी-मॉडर्न) कहना जायज नहीं होगा क्योंकि उसका धरातल आधुनिकता के प्रतिरोध और प्रतिकार से नहीं रचा गया था। उसमें जो सोच पनपी, उसे आधुनिकता से कोई द्वेष नहीं था। यह एक ऐसी घड़ी थी जो आधुनिकता की पूर्वज तो नहीं पर परिपक्व आधुनिकता के पहले का पल था। ऐसा एक पल, जिसे हम कुछ भूली-बिसरी भाषा में गोधूलि कहते थे। गुजराती भाषा में अन्य एक सुन्दर शब्द चित्र है-'झालर टाणु'। वह घड़ी, जब

सायंकाल, मन्दिर में प्रार्थना की घंटी और ढोल बज रहा हो और इसी वक्त कोई दिन अनायास गोधूलि आ जाए तो (अब तो गोधूलि और झालर–दोनों आधुनिकता की रेल में बह गए हैं।) पौराणिक समाज और आनेवाली–लगभग दहलीज पर जा पहुँची–आधुनिकता के बीच के कुछ क्षणों में ही हिन्द स्वराज की रचना सम्भव है। गांधी, हिन्द स्वराज में यह बहुत सीमित किन्तु फलद्रूप भूमि का निर्देश देते है। "जहाँ–जहाँ यह चंडाल सुधार नहीं पहुँचे, वहाँ–वहाँ आज भी वैसा हिन्दुस्तान है। उनसे आप अपने नवीन ढोंग की बात करेंगे तो वह आपकी हँसी उड़ाएँगे।" सन् 1909 में आधुनिक सुधार हिन्द के किनारे पर लगा था, ज्यादातर लोग इसकी गिरफ्त से बाहर थे। इस कारण जहाँ रेल की बाढ़ न पहुँची हो, ऐसे हिन्द का खाका खींचना सम्भव था।

यह आनेवाली आधुनिकता के पहले के क्षण हिन्द स्वराज का ढांचा बनाते हैं। यह एक ऐसा पल है जहाँ समाज और व्यक्ति ने दहलीज को पार नहीं किया। एक पैर हवा में है तो दूसरा पैर आधुनिकता–पूर्व के परम्परागत समाज में मजबूती से जमा हुआ है। हिन्द स्वराज के पठन में, उसके टिप्पण में आधुनिकता–पूर्व की यह गोधूलि बेला का अगाध महत्त्व है।

मान लें, कुछ क्षण के लिए ही कि हिन्द स्वराज 1909 में नहीं पर बीसवीं सदी के मध्य में लिखा गया। यह ऐसा समय था कि जब आधुनिकता का सूरज अपनी पूरी आभा के साथ आसमान में चमक रहा था। उसके ऊपर कोई प्रश्न नहीं थे, कोई कालिमा नहीं थी। इस समय लिखे जानेवाले हिन्द स्वराज का दर्शन बिलकुल भिन्न होता। क्योंकि आधुनिकता से रचे, उससे बने–पनपे, उसमें पूरी तरह से खूँपे और उसके निजानन्द में मस्त न हो, ऐसे समाज की कल्पना केवल कल्पना मात्र होती। उसमें बीते हुए पलों के लिए ममत्व होता–मात्र लगाव। जो हाथ को स्पर्श कर बह गया उस जीवन के प्रति आकर्षण होता। आधुनिकता के पूर्व का समाज, जीवन और मानुस वास्तविक और सदेह न होते। या उसी तरह से सदेह होते जैसे इतिहास सदेह होता है। उसमें छिपी या दबी सम्भावनाओं के प्रति हमें जाग्रत् न कर पाता। वह केवल पूर्वालाप होता। एक ऐसा गान, जो बीते हुए पल की याद दिला सके पर उसे हमारा भविष्य बनाने का यत्न न कर पाए।

2

19वीं सदी के उत्तरार्द्ध में पश्चिम में पनपे, पर उस सभ्यता के हाशिए पर रहे कुछ विचार हिन्द स्वराज को समझने के लिए आवश्यक हैं। थियोसॉफी, हेनरी सोल्ट की वेजिटेरियन सोसायटी (शाकाहारी मंडल), आना फिंग्सफर्ड का ख्रिस्त दर्शन, थोरो और अपने हृदय में बसे वैकुंठ की महिमा गाने वाले महात्मा टॉल्स्टॉय। इन सभी के विचार प्रभाव रहित हिन्द स्वराज की कल्पना दुष्कर है। इन से अस्पृश्य हिन्द स्वराज और गांधी कुछ अलग ही होते।

ये सब पाश्चात्य चिन्तक आनेवाली आधुनिकता के प्रति हमें जाग्रत् करते हैं। चेतावनी देते हैं। पर इन सबका विश्वास है कि आधुनिकता भी प्रवाही अवस्था होगी, कुछ क्षण का खेल। वह मानव समाज का एक मात्र भविष्य नहीं है। इसलिए उनकी सोच में आधुनिकता और पौराणिक समाज के बीच कोई व्यवस्था की सम्भावना का नकार नहीं है। बल्कि आस्था है कि भावी समाज इन सब पचरंगी तानों-बानों से गूँथा जाएगा। साथ-साथ, ये सब चिन्तक आधुनिकता की ताकत, उसके प्रभाव, उसकी सम्मोहिनी और हमारे मुग्ध भाव से परिचित हैं।

3

आधुनिकता भी हिन्द स्वराज के लिए अनिवार्य है। आधुनिकता रहित हिन्द स्वराज की कल्पना कर सकते हैं? यदि आधुनिकता ही न होती तो उसका प्रतिकार क्यों? उसका विकल्प क्यों खोजें? और वह रेल, डॉक्टर, वकील, बाँझ-वेश्या संसद-यह सब आधुनिक संज्ञा है। तकनीक, उपकरण, शरीर की नई कल्पना, कानून-करारबद्ध समाज और समता के खयाल से प्रेरित राजकारण-ये सब साथ मिल कर आधुनिकता बना रहे हैं, यह समानता गांधी में है। संस्थानवादी अर्थकारण यानी नई तरह की खेती, मजदूर/गिरमिट की विश्व बाजार में बिक्री और उन सभी की उद्योग के लिए आवश्यकता-यह समीकरण हिन्द स्वराज समझता है। संस्थानवादी व्यवस्था केवल आर्थिक और राजकीय शोषण या आधिपत्य

तक सीमित नहीं है। किन्तु उसके सांस्कृतिक आयाम हैं। सांस्कृतिक संघट्ट के सम्भव परिणाम की सबल, स्पष्ट समानता केवल आधुनिकता की छाया में ही ज्ञात होती है। ऐसा ही एक खयाल है जो हिन्द स्वराज में बार-बार दोहराया जाता है-'एक प्रजा होना'। राष्ट्र राज्य की अनुपस्थिति में क्या यह सोच और यत्न सम्भव है? और याद करें हमारे पाठक, अधिपति और उनके बीच वाला अखबार। यह तो नखशिख आधुनिक है।

4

हिन्द स्वराज के राजकारण और समाजकारण-दोनों पर आधुनिकता की लम्बी छाया है। राजकारण में साम्प्रदायिकता के अर्थ में धर्म का प्रवेश आधुनिक घटना है। सम्प्रदाय के दायरे से राजकीय समाज की रचना का रुख बीसवीं सदी में देखा गया। यह मध्यकालीन धर्म और राजसत्ता के सम्बन्ध से अलग है। सम्प्रदाय के आसपास कौम की रचना होना या धर्ममूलक रिवाज होना साम्प्रदायिक राजकारण से बिलकुल भिन्न रचना है। धर्म में आस्था होना और आस्था रहित धर्म को राजकीय हथियार बनाना अलग है।

इसी प्रकार, राजकारण में हिंसा को दी गई मान्यता, हिंसा का औचित्य आधुनिक है। हिंसा को राजकीय व्यवस्था का उचित, इच्छित, न्यायोचित और इष्ट साधन बनानेवाले दर्शन की शुरुआत आधुनिकता से जुड़ी हुई है। कहने का मतलब बिलकुल यह नहीं कि आधुनिकता-पूर्व समाज या राज्य में हिंसा का सदन्तर, सदैव अभाव था। परन्तु राजकारण में हिंसा के स्थान को लेकर जो दर्शन बना, उसकी सैद्धान्तिक चर्चा हुई-किस प्रकार की हिंसा, किस मात्रा में, किस प्रकार से उचित या अनुचित है-यह सब-आधुनिक शास्त्र है। आधुनिक हिंसा में स्वयं हिंसा ही अपना औचित्य है, आधार एवं प्रमाण है। वह स्वयंसिद्ध है। यह दारू-गोला ऐसा है कि कोई भी मानुस उसका शिकार बन सकता है। जब किसी व्यक्ति विशेष की हत्या होती है तब भी प्राय: वह एक संज्ञा स्वरूप होती है। इस प्रकार की हिंसा में हिंसा

करने वाले और हिंसा की होली में जिसकी आहुति दी जाती है, इन दोनों के बीच में अन्तर होता है, एक दूरी होती है। इस अन्तर का दार्शनिक महत्त्व है। यह दूरी हिंसक कृत्य और हिंसा को निजी राग-द्वेष के परे ले जाती है। मान लो, एक प्रकार से निर्मल हिंसा। हिंसा का यह शुद्ध, निर्मल और स्वयंसिद्ध प्रकार ही हिन्द स्वराज के गांधी को बेचैन करने वाली आधुनिक हिंसा है।

5

आधुनिकता परम्परागत समाज के साथ नाता तोड़ती है, तंतु विच्छेद होता है। नहीं, यह केवल तंतु विच्छेद नहीं है। ऐसा विच्छेद नहीं है कि ताने-बाने को फिर जोड़ वह पुरानी भात बुनी जाए। यह विच्छेद एक गर्ता है। ऐसा अन्तर, जिसे हनुमान कूद भी नहीं मात कर सकती।

आधुनिकता से परम्परा के विच्छेद का कारण तकनीक या कल-यन्त्र नहीं हैं। इसका कारण नई ज्ञान भावना भी नहीं है। आधुनिक दर्शन की नींव में व्यक्ति है-प्रथम पुरुष एकवचन (जी हां, पुरुष, क्योंकि स्त्री एवं नारीवाद के लिए अभी दिल्ली बहुत दूर है।) स्व एवं परा, कुटुम्ब-युग्म, परिवार, समाज, अर्थ-व्यवस्था और राजकारण इस नए मानुस के इर्द-गिर्द बनता है, वह उन्हें बनाता है। ऐसा मानुस जो स्वायत है, अपने आप में रमता है। अकेलेपन से विचलित भी है, फिर भी अपनेपन में मस्त। व्यक्ति को केन्द्र स्थान देनेवाले दर्शन का नाम ही अधुना है।

6

इस नए मानुस को समझने के, उसकी तुलना के, मूल्यांकन के परिमाण और परिवेश-दोनों अलग हैं।

यहाँ मानुस का पुरुषार्थ एवं खोज-दोनों व्यक्तिकेन्द्री है। केवल स्वार्थ नहीं परन्तु स्व-अर्थ भी। आधुनिकता के मुख्य लक्षण को याद करें। "इस सुधार की सही पहचान तो यह है कि मानव बाहरी शोध

और शरीर-सुख में सार्थकता और पुरुषार्थ मानते हैं।''

बाहरी शोध और उसी में अर्थ एवं पुरुषार्थ का समावेश होना, यह अद्वितीय घटना है। पहले कभी ऐसा नहीं हुआ कि मानव की स्व-व्याख्या जो मानव से इतर है-उससे बाहर और अलग है, ऐसी भूमि से होने लगे। यह भूमि परलौकिक नहीं है, इहलोकी है। यह भूमि चीज-वस्तु, शरीर-सुख से पुष्ट है।

इस बाहरी शोध पर थोड़ा ध्यान दें। इसमें एक रिक्त स्थान को इंगित किया गया है। और यह रिक्त स्थान केवल खालीपन नहीं है, यह एक ऐसे पुरुषार्थ को इंगित करता है, जो असम्भव हो। यह है-'आन्तर शोध'। बाहरी शोध और आन्तर शोध के बीच विशाल दार्शनिक अन्तर है। बाहरी शोध में मानव होना, उसके अस्तित्व मात्र की पुष्टि पदार्थ द्वारा होती है-भले ही फिर वह मानव निर्मित हो। आधुनिकता उससे पहले की तमाम सभ्यताओं से अलग दार्शनिक पीठिका का निर्माण करती है। नीति, धर्म, फर्ज, गुण, पुण्य एवं पाप-ये सब खयाल मानव केन्द्री हैं। उसकी जड़ें मानुस होने में हैं। यदि मानव जीवन का सार्थक्य ही बाहरी शोध में हो तो पुरुषार्थ की रीति-गति और मति भी बाह्यलक्षी होती है। मानुस के जीवन का अर्थ और उसके पुरुषार्थ मानवेतर हों, अर्थ देने वाला ढाँचा और संज्ञा मानुस के बाहर हो तब एक नए, अभूतपूर्व दर्शन की नींव डाली जाती है।

हिन्द स्वराज इस सोच से व्यग्र है, ग्रस्त है क्योंकि मानव का खयाल मात्र जब बदलता है तो इसमें नीति और धर्म का कोई स्थान नहीं होता, अंतिम अरण्य में भी नही। हिन्द स्वराज इस नए व्यक्ति के खिलाफ बगावत है।

7

इस नव कल्पित-रचित मानुस के लिए आत्मज्ञान की सम्भावना भी नहीं। उसकी दृष्टि, गति, चलन-वलन बाह्यलक्षी होने से आन्तर-दृष्टि से, आन्तर खोज से अपने आपको पाने की सम्भावना का हनन होता है। अपने आपको पहचानना और पाने का मतलब मानुस और दैवी शक्ति

के बीच के अन्तर को समझ पाना। यह अन्तर मानव होने की मर्यादा का, सीमा का ज्ञान है। मानव होना यानी अच्छे-बुरे, पुण्य और पाप, स्वार्थ और परमार्थ के बीच की दूरी को समझ पाना और उस सोच के आधार पर, उसे लंगर मान आचरण करना। इसमें यह स्वीकार भी है कि हर कोई व्यक्ति मानुस होने के नाते अच्छे को, सत्य को, नीति को समझने की और उस आधार आचरण की सम्भावना रखता है। बाहरी शोध में अच्छा-बुरा, सत्य-असत्य, नीति-अनीति के सवाल का दार्शनिक धरातल सरासर बदल जाता है।

यदि हम अपने आपको न पहचान पाए तो उस व्यवस्था को सुधार नहीं कहा जाएगा। कारण, "सुधार ऐसे आचरण को कहते है, जिसमें मानुस अपना फर्ज निभाए। फर्ज निभाने का अर्थ है-नीति पालन। नीति पालन का अर्थ है-अपने मन-इन्द्रियों को वश में रखना। और ऐसा करते हुए हम स्वयं को पहचानते हैं। यह ही 'सु' यानी सच्ची धारा है। इसके जो विपरीत है, वह कुधार।"

गांधी का आधुनिकता के प्रति विद्रोह केवल वकील, डॉक्टर, रेल या कल-यंत्र के कारण नहीं है। उनकी बगावत दार्शनिक है। आधुनिकता-जिसे वह कुधार कहते हैं-ऐसी व्यवस्था है जिसमें हम स्वयं को पहचान पाएँ, यह सम्भावना मात्र का छेद होता है।

स्वयं को पहचाने बगैर मोक्ष, ईश्वर दर्शन, ईश्वर प्राप्ति की इच्छा और सम्भावना लुप्त हो जाती है। और उसके साथ लुप्त होता है-स्वराज। "अपने ऊपर हम स्वयं राज्य करें, वही स्वराज है।" स्वयं पर राज्य करने के लिए मन इन्द्रियों को वश में करना पड़ता है। यही है-ब्रह्मचर्य। सत्य-ब्रह्म के निकट ले जाए ऐसी चर्या, ऐसा आचरण, यही है-ब्रह्मचर्य। इसी ब्रह्मचर्य के द्वारा हम स्वयं को पहचानते हैं। जो स्वयं को पहचाने वह स्वराज पाए और मोक्षार्थी भी बने।

मोक्ष और स्वराज-दोनों को निर्मूल करने वाली व्यवस्था कलियुग या शैतानी राज्य। शैतान होना यानी स्वयं एवं ईश्वर-दोनों का नकार। एक बार नहीं परन्तु ईसु वचन अनुसार सुबह के सूरज की पहली किरण के पहले, मुर्गों की बांग सुनाई दे उससे पहले, तीन-तीन बार।

8

किन्तु, ब्रह्मचर्य, मोक्ष-इच्छा और स्वयं पर राज्य वाले स्वराज की प्राप्ति प्रथम व्यक्ति-मूलक है और उसके बाद समष्टि के लिए।

यदि हम इस विचार को थोड़ी-सी भी मान्यता दें तो स्पष्ट है कि गांधी के विद्रोह में आधुनिकता से मूलतः विच्छेद नहीं है क्योंकि स्वायत्त व्यक्तिमत्ता तो आधुनिकता की देन है। हमें, गांधी और हिन्द स्वराज की आधुनिकता से परहेज नहीं होना चाहिए।

गांधी का मानुस स्वयंविहारी, स्वच्छन्द व्यक्ति नहीं बनता क्योंकि उसमें फर्ज-पालन और नीति-परायणता-दोनों हैं। नीति और फर्ज-दोनों सामाजिकता इंगित करते हैं। नीति निजी है पर वह अन्य के साथ व्यवहार द्वारा भी बनती है। यदि हम समाज के दायरे से परे, अकेले मनुष्य की कल्पना करें तो उसे फर्ज या नीति की आवश्यकता नहीं है। वह 'स्व-भाव' आचरण करता है। इसी तरह यदि हम पूर्णतः आधुनिक व्यक्ति की कल्पना करें-ऐसा मानुस जिसकी खोज बाहर की ओर, शरीर-सुख तक सीमित हो-तो उसके लिए नीतिपरायणता या फर्ज पालन आवश्यक नहीं है। गांधी तो शायद कहेंगे कि उसके लिए सम्भव भी नहीं। गांधी की चाह सामाजिक मानुस की है-व्यक्ति और समष्टि दोनों से बाथ भीड़ने वाले।

9

गांधी के ब्रह्मचारी, मोक्षार्थी, स्वयं को पहचान स्वराज की झंखना रखने वाले मानुस को समष्टि के साथ, उसके स्वधर्म को युगधर्म के साथ जोड़ती कड़ी है-सत्याग्रह और सत्याग्रही। हिन्द स्वराज में सत्याग्रह का जिक्र तो है। साधन और साध्य के अविभाज्य सम्बन्ध, दोनों की अनिवार्य शुद्धता भी है। किन्तु हिन्द स्वराज में साधन और साध्य को जोड़नेवाला, उसका पारस्पर्य रचनेवाला साधक अध्याहार है। इस साधक की अनुपस्थिति में न तो सत्याग्रह सम्भव है, न ही स्वराज। साधन शुद्धि का तात्पर्य तो साधन की निर्मिति करने वाले और उसे

इस्तेमाल करनेवाले साधक की शुद्धि है। साध्य नैतिक हो, साधन शुद्ध, निर्मल हो पर उसे हाथ में लेनेवाला व्यक्ति यदि नैतिक और निर्मल नहीं हो तो परिणाम न तो इच्छनीय होगा, न ही इच्छित। साधक की साधना ही साधन के चयन में निर्णायक होती है। शुद्ध साधन और उच्च, नि:स्वार्थ साध्य पाने के लिए साधक अधिकारी होना चाहिए। गांधी के एकादश व्रत साधक की शुद्धि के लिए, उसकी साधना के लिए है। आश्रम साधक भी है, जिसकी पावक अग्नि में तप कर साधक शुद्ध होता है।

हिन्द स्वराज का अध्यात्म दर्शन, स्वयं को पहचानने की झंखना, साधन शुद्धि एवं साधक की साधना से उभरते हैं। साधक की साधना उसे स्वयं को पहचानने के लिए, अन्तर्आत्मा की आवाज सुनने के काबिल करती है। सत्याग्रह साधक की साधना न होते असम्भव है।

10

हिन्द स्वराज का खाका आधुनिकता के साये में खिंचता है।

कल-यन्त्र, रेल, डॉक्टर, वकील, हिंसा, बाहर की शोध में अर्थ और उसका पुरुषार्थ और इन सबका सांझा शैतानी राज्य आधुनिक है।

गांधी का मानुस, उसका ब्रह्मचर्य, उसकी मोक्ष आकांक्षा, स्वयं को पाने की चाह और उससे प्राप्त होने वाला स्वराज आधुनिकता से बिलकुल रंजित नहीं है, ऐसा स्वस्थचित्त दावा कर सकते हैं हम?

11

इसका जवाब हमारी हिन्द स्वराज की वांचना पर आधारित है।

(अ) यदि हम स्वराज के कल-यन्त्र, डॉक्टर, वकील, रेल पर ध्यान दें तो यह पाठ आधुनिकता विरुद्ध विद्रोह लगे।

इस पडकार को हम दो तरह से देख सकते हैं। यदि हम आधुनिकता से व्यग्र हैं, विचलित हैं तो यह पाठ हमें आधुनिकता के साथ मुठभेड़ में सहायता करेगा। परन्तु, हमारे लिए आधुनिकता के दायरे

से पूरी तरह बाहर जाने की सम्भावना नहिंवत् होने से यह सहायता मूलतः बौद्धिक या आध्यात्मिक होगी। हमें इतना तो कबूल करना होगा कि आधुनिकता के साथ जद्दो-जहद करते हुए हमारी साँस फूल आए, बेचैनी हो, फिर भी सामूहिक स्तर पर हमारे लिए आधुनिकता के पूर्व का समाज-हिन्द स्वराज और गांधी की गोधूलि क्षण-नक्कर, सजीव वास्तविकता नहीं है।

फिर भी, हिन्द स्वराज हमें आन्तर खोज का औचित्य समझाएगा, स्वयं को पहचान, सत्य के करीब जा, मन इन्द्रियों को वश कर स्वराज की प्यास या मोक्ष की तृष्णा बरकरार रखेगा। हिन्द स्वराज, आधुनिकता के मध्याह्न में भी राजकीय कृत्य और आध्यात्मिक शोध का सांमजस्य और पारस्पर्य बरकरार रखेगा, शायद व्यक्ति के लिए, समष्टि के लिए नहीं।

किन्तु, हम आधुनिकता के हिमायती हों, उसके वकील हों या परम्परा से ग्रस्त, बँधे हुए आधुनिकता में पहली बार खुली साँस का अनुभव कर रहें हो तो हिन्द स्वराज और उसका गांधी-दोनों हमें बिन-आधुनिक लगेंगे। और कोई बिन-आधुनिक को रूढ़िवादी या परम्परा परायण भी कहेगा। न भी कहे तो उसे साम्प्रत तो नहीं मानेगा। सावरकर से लेकर नेहरू तक कइयों ने हिन्द स्वराज को इसी प्रकार पढ़ा।

यदि हम हिन्द स्वराज को इस नजरिए से पढ़ें तो आचार-विचार के बीच के अन्तर की बात लेकर गांधी का कान खीचेंगे। रेल में यदि फ्रिक्वन्ट फ्लायार माइल्स मिलते तो सात जनम तक प्रथम दर्जा, वातानुकूलित कुर्सीयान में मुफ्त सवारी मिलती, इतने रेल प्रवास उपरान्त भी गांधी रेल को कोसते हैं। वकालत न भायी और शायद समझ में न आई, इसलिए वकील को बुरा-भला कहा, डॉक्टर तो उनके साथ ही रहते फिर भी अस्पताल को पाप का मूल कहा। ऐसा बहुत कुछ। आधुनिकता के दायरे से हिन्द स्वराज पर प्रहार कुछ ऐसे ही होते हैं।

(ब) हिन्द स्वराज का उसके परिवेश से, उसकी आबोहवा, उसके आफताब से बिलकुल अलग कर पठन भी होता है। हम उसे हमारे समय में खींच लाते हैं।

आधुनिकता की बाढ़ थमने के बाद, अनु-आधुनिक युग में गांधी

को साथ ले लें तो पर्यावरण, उपभोक्तावाद, क्षीण लोकशाही और सांस्कृतिक आन्तर–विग्रह के जवाब हम हिन्द स्वराज में ढूँढ़ेंगे और फिर मुखपृष्ठ पर 'पोस्ट मॉडर्न गांधी' छपा हो ऐसी पुस्तक पढ़ेंगे और लिखेंगे भी। हमें शायद स्मृतिभंश होता है–या ऐसा पसन्द करते हैं–कि गांधी के आधुनिकता पूर्व के दर्शन में और दर्शन रहित अनु–आधुनिक ज्ञान में अन्तर बड़ा है। एक सदी से ज्यादा का अन्तर, दूसरे विश्व युद्ध और न्यूरेम्बर्ग की अदालत का अन्तर, संचार माध्यम की सांस्कृतिक वास्तविकता का अन्तर। लेकिन सबसे बड़ा अन्तर वह अर्थ, पुरुषार्थ, स्वयं को पहचानने की चाह और इन सबकी रीति और भाषा का अन्तर।

12

तो फिर हिन्द स्वराज का पाठ कैसे करें? मूल पाठ स्वरूप? नाम स्मरण भाँति? पूर्वालाप की भाँति या प्रवालदीप की तरह?

इस वक्त 'किलडोनन कासल' में झोले खाते, 40 वर्षीय ''जब मुझसे नहीं रहा गया तब मैंने लिखा'' कहनेवाले, दाहिने–बाएँ हाथ से सव्यसाची बनकर लिखते, विलायत से दक्षिण अफ्रीका की मुसाफिरी कर रहे, सूट–बूट, टाई में सजे गांधी भाई को याद करना उचित होगा।

'किलडोनन कासल' की यह यात्रा दो किनारों के बीच की यात्रा है। भौगोलिक दृष्टि से तो विलायत और दक्षिण अफ्रीका के बीच का प्रवास। और तरह से देखें तो आधुनिकता में स्वस्थ कदम दे रहे इंग्लैंड और आधुनिकता की अनिवार्य नीपज ऐसे संस्थान के बीच की दूरी। यह यात्री भी कुछ ऐसा ही है। वह यात्री नहीं है। पहला गिरमिटिया है वह। अर्वाचीनता की अन्धी की दौड़ में एक समय शामिल था। वह केवल आधुनिकता की दहलीज पर नहीं रुका, वह तो आधुनिकता के मन्दिर 'टैम्पल इन्स' का विद्यार्थी रह चुका है। अब उसे नई दिशा की खोज है। दिशा अभी कुछ धुँधली–सी है, उसका यह पथ ज्योतिर्मय नहीं है।

'किलडोनन कासल' के और उसके प्रवासी की यह प्रवाही अवस्था, दिशा–किनारे की खोज, यह हिन्द स्वराज की भी अवस्था है।

हिन्द स्वराज इस प्रवाही अवस्था, गोधूलि क्षण का दर्शन है।

तो क्या वह क्षणभंगुर है? क्योंकि प्रवाही अवस्था तो अनिर्णायक है। यात्री और जहाज–दोनों को किनारे की चाह है। और शाम ढलते ही गोधूलि भी अस्त होती है।

हिन्द स्वराज को आधुनिकता-पूर्व की सभ्यता की सम्भावना का दर्शन देने वाले, आधुनिकता के साये में लिखे, नए अध्यात्म और नवीन राजकारण का न्योता देने वाले दर्शन के रूप में पाठ करें। उसकी आबोहवा समझें, विचार आत्मसात् करें और सम्भव हो तो समर्पित भी करें।

हिन्द स्वराज में अस्ताचल की ओर बढ़ रही, सीमित बन रही सम्भावनाओं का दर्शन है। इसकी प्रवाहिता हमें व्यग्र करती है और इसी कारण बार–बार उससे जूझने का न्यौता देती है। हमें तो हिन्द स्वराज की यह प्रवाही, डगमगाती, कभी अपरिपक्व, अस्ताचल तरफ प्रयाण करनेवाली किन्तु अलबेली, लावण्यमय गति का आनन्द लेना है, उसी की धूनी रमानी है। यही है हमारा उत्सव।

कांग्रेस और उसके कार्यभारी

'एक प्रजा होने' की लगन स्वराज इच्छा की नींव में है। एक प्रजा होना कोई हकीकत या तथ्य नहीं है। यह एक अवधारणा है। कल्पना है, झंखना है। यह एक निरन्तर जारी प्रक्रिया है। इस प्रकरण में गांधीजी एक प्रजा होने की लगन, चाह कैसे बनती है, पनपती है–इस विषय की चर्चा करते हैं।

पहला प्रश्न पूछा जाता है। हिन्द में स्वराज की हवा चल रही है, सभी हिन्दी छूटने को आतुर दिखते हैं। इस नए जोश और गहरी चाह का कारण क्या हो सकता है?

यदि चाहते तो उत्तर सरल था। पर गांधीजी बुनियादी प्रक्रिया को इंगित करते हैं। वह नहीं कहते कि छुटकारा पाने का क्या मतलब हो सकता है, या इस नए जोम के सामाजिक या आर्थिक परिवेश की बात नहीं करते। वह कहते हैं, "अखबार का पहला काम है–लोकभावना जानना और उसको प्रकट करना, दूसरा काम है–अपेक्षित लोकभावनाओं को पैदा करना, तीसरा काम है–बेधड़क लोक दोष को व्यक्त करना, चाहे कितनी भी अड़चनों और मुसीबतों का सामना करना पड़े।"[1]

गांधीजी स्वराज की लगन को अखबार से जोड़ते हैं। क्यों? मुक्ति की चाह का, उसके यत्न का सीधा सम्बन्ध बन्धन से, गुलामी से है। यदि बन्धन, गुलामी न हो तो मुक्ति बोध का कोई प्रश्न नहीं होता। गांधी और पाठक जिस गुलामी की बात कर रहे हैं वह आधुनिक गुलामी की है। यह गुलामी व्यक्ति या कोई कौम/जाति की गुलामी से अलग है। इस गुलामी की जड़ संस्थानवाद/उपनिवेशवाद में है। उपनिवेशवाद केवल

राजकीय स्वातंत्र्य का हनन नहीं है। इसके आर्थिक एवं सांस्कृतिक आयाम हैं।

यह तो साफ है कि उपनिवेशवाद और औद्योगिक क्रान्ति का गहरा नाता है। लेकिन उपनिवेशवाद को सिर्फ आर्थिक शोषण, कच्चे माल और नए बाजार की खोज या सस्ते श्रम की उपलब्धि तक ही सीमित करना जायज नहीं होगा। उन्नीसवीं शताब्दी तक संस्थानवाद के सांस्कृतिक आयाम का खाका स्पष्ट होने लगा था। उपनिवेशवाद जंगली, अधम, पिछड़े समाज एवं संस्कृति के विकास, प्रगति और संस्कारिता का मजबूत/सबल हथियार बना। कुछ ही समय में उपनिवेशवाद का सांस्कृतिक आयाम आर्थिक एवं राजकीय कारण पर हावी होने लगा। यहाँ तक कि राजकीय आधिपत्य का औचित्य सांस्कृतिक विचार बने। इस प्रथा को न्यायोचित करार देने के लिए सांस्कृतिक दलील सबल रूप से उभर कर आई। यूरोप अन्य पिछड़े, बर्बर समाज और जीवन प्रणालियों को सुसभ्य और संस्कृत बनाने के तनतोड़ प्रयास कर रहा है, यह सोच सामने आई। यदि अन्य प्रजाओं का विकास होना है तो वह यूरोप के साथ संघट्ट से ही सम्भव है, यह मान्यता लगभग सर्व सामान्य हुई। यूरोप और उसके आधिपत्य में रहनेवाली प्रजाओं ने यूरोप के इस ऐतिहासिक कर्तव्य को स्वीकार किया। यह कर्तव्य मानो यूरोप का नैतिक फर्ज हो। संस्थानंवाद एक अनिवार्य, इच्छनीय और नैतिक व्यवस्था के रूप में उभरकर आया।

अन्य प्रजाओं के पिछड़ेपन के उदाहरण दिए जाते थे। राजकीय क्षेत्र में यह आरोप था कि हम एक प्रजा नहीं हैं। आपसी रंजिश से इतने बिखरे हैं कि एक सुदृढ़, स्वस्थ राजकीय समाज की रचना और उस पर कायम राष्ट्र-राज्य हमारे बस की बात नहीं। यदि हम एक प्रजा नहीं हैं तो आजादी का, स्व-शासन का सवाल ही नहीं होता।

इसी कारण गांधीजी शुरुआत ही इस सवाल से करते हैं। लोक भावना जानना और उसे प्रकट करना, अपेक्षित लोक भावनाओं को जाग्रत् करना और बेधड़क लोक दोष को वाचा देना। इसी से प्रजा का गठन होता है। और यह प्रक्रिया आधुनिक माध्यम से होगी।

अखबार। अखबार ही ऐसी सांस्कृतिक घटना थी जो आपसी

सम्पर्क से परे प्रजा गठन का माध्यम बन सके। इस प्रकार की प्रजा होने के लिए हर व्यक्ति बाकी तमाम व्यक्तियों से निजी तौर पर परिचित हो, यह बिलकुल अपेक्षित नहीं है, और न ही यह सम्भव भी। अपेक्षित था कि व्यक्ति नागरिक बने। नागरिक बनने का तात्पर्य है कि जो स्वार्थ नहीं है उससे भी नाता कायम करें, अन्य के दुख, दर्द को अपना बनाकर उससे जूझें।

गांधीजी कहते हैं कि केवल स्वराज की लगन होना पर्याप्त नहीं है। स्वराज के काबिल होना उतना ही अनिवार्य है। हम स्वराज के अधिकारी बनें तो स्वराज से वंचित नहीं रहेंगे। इसलिए लोगों का दोष उनके सामने रखना और उन दोषों को दूर कर स्वराज के अधिकारी होना भी एक प्रजा होने की प्रक्रिया का अन्तर्गत भाग है। इसीलिए तो वह कहते हैं कि "स्वराज का भोग परिपक्व मानुस के लिए ही सम्भव है, उच्छृंखल मानुस के लिए नहीं।"[12]

यह परिपक्वता वैचारिक अवस्था है। उन्हें किस प्रकार की परिपक्वता अपेक्षित है? एक प्रजा होने की चाह होना या स्वराज की लगन मात्र होना पर्याप्त नहीं है। स्वराज की इच्छा रखने वाले हर एक मानुस को इस प्रक्रिया के प्रति समान होना पड़ेगा। इस विचार का बीज किस व्यक्ति या संस्था ने रोपा, उनके आचार, विचार, साधन क्या थे, इस लगन के लिए उन्होंने क्या भोग दिया–यह सर्व से परिचित होना और ऐसे परिचय के कारण जो सम्मान की भावना आती है उसे सँजोकर रखना गांधीजी के लिए परिपक्वता के लक्षण हैं। स्वराज भोग की इच्छा रखने वाली प्रजा अपने बड़ों का, पूर्वसूरिओं का तिरस्कार नहीं कर सकती। इन पूर्वसूरिओं के तमाम विचार से, साधन से हम पूर्णत: सन्तुष्ट हों और समर्पित भी, यह जरूरी नहीं है। अनिवार्य है कि शुद्ध विवेक से उनसे हम हमारे मतभेद व्यक्त करें और अपनी सोच अनुसार अन्य के प्रति तिरस्कार भावना रहित हम चलें।

गांधीजी यह भी कहते हैं कि एक प्रजा होने का मतलब कभी यह नहीं होता और न होना चाहिए कि सर्वसम्मति हो, हर विषय पर एक मति हो। अलग विचार होंगे, होने चाहिए किन्तु जो हमसे अलग सोच रखते हैं वह खोटे और देश के दुश्मन इस भावना से प्रजा का गठन नहीं

होगा। "उनके विचार खोटे और हमारे सही, तथा जो हमारे विचारानुसार न चलें वह देश के दुश्मन, ऐसा मानना खोटी वृत्ति है।"[3] समान मतधारी की भक्ति और लगन सच्ची और अन्य की खोटी यह माननेवाली प्रजा के लिए स्वराज बहुत दूर है।

गांधी जी कहते हैं कि जो नियम हिन्दीयों पर लागू हों, वही अंग्रेजों पर भी होने चाहिए। हर अंग्रेज केवल अंग्रेज होने के कारण बुरा और हमारे स्वराज का विरोधी यह तर्क गांधीजी को मान्य नहीं है। "हक और न्याय माँगने वाले को सभी के साथ न्याय करना होगा।"[4] साधन-साध्य की शुद्धि और एक सूत्रता का यह पहला पाठ यदि स्वराज की जंग नैतिक है, न्यायिक और न्याय पुरस्सर है तो अनिवार्य है कि उसके साधन, उसके पीछे की सोच भी न्यायपूर्ण और नैतिक हो। जो न्याय के लिए संघर्ष करते हैं उन्हें अन्य के साथ और विरोधी के साथ भी न्याय से काम लेना होगा। अन्याय कर अन्य से हम न्याय की अपेक्षा नहीं कर सकते। अन्य के गुण न पहचान पाए तो हम गुण मेट कहलाएँगे, और हमारा ध्येय उतना दूर होता नजर आएगा।

बंग-भंग

गांधीजी के अनुसार, प्रजा गठन में एक बड़ी महत्त्वपूर्ण घटना बंग-भंग है। कई बार घटनाओं के कारण प्रजा में दबी, छिपी पड़ी शक्ति का बाँध टूट जाता है, और वह बह निकलती है। जो धुँधला-सा आभास हो वह प्रकाशमय हो जाता है। ऐसी ही घटना थी बंग-भंग। ऐसी घटना थी यह कि जिससे प्रजा के अंग्रेज बहादुर के प्रति रवैये में अभूतपूर्व मोड़ आया।

क्या था यह नया जोश? वह कहते हैं, ''आजतक हमारी धारणा रही है कि बादशाह से अरज करें, यदि इन्साफ न मिले तो सहन करें, और अरज करते ही रहें।''[5] यह बेइन्साफी को सहन करते रहना और फिर भी अरज करते रहना हिन्द की प्रजा का लक्षण माना जाता था। अंग्रेज मानते थे कि ''हिन्दी सिर्फ बकवास कर सकते हैं, कुछ कर पाना उनके बस का नहीं।''[6]

ऐसा भी नहीं था कि बंग-भंग पहली बेइन्साफी थी, या अन्य बेइन्साफी बंग-भंग से कम थी। गांधीजी यहाँ नमक कर का पहली बार जिक्र करते हैं। साम्राज्य की नींव हिला देनेवाली दांडी यात्रा तो अभी बहुत दूर थी फिर भी दक्षिण अफ्रीका में बैठे गांधी भाई को धुँधला-सा आभास होने लगा है कि प्रजा का गठन किन संज्ञा और मुद्दों के इर्द-गिर्द हो सकता है। यदि बेइन्साफी नई नहीं थी, अंग्रेज बहादुर का हिन्दी प्रजा की ताकत का अंदाजा अलग नहीं था, तो क्या अलग था? जो बदला सा था वह प्रजा थी और उनके राहबर थे। पहली बार प्रजा को अपनी शक्ति का आभास था। क्या हो सकती है प्रजा की ताकत?

मारपीट, बम-गोला-बारूद से तो अंग्रेज शासक विचलित होनेवाले नहीं थे। ये तो उनके साधन थे, उन्हीं की इजात थी, वह उनमें माहिर थे। प्रजा की एक ही ताकत होती है-इन्साफ हासिल करने के लिए अपना सर्वस्व न्यौछावर करना। "उस समय बंगाल के बहुत से नेता अपना सबकुछ न्यौछावर करने को तैयार थे। अपनी ताकत का उन्हें आभास था, इसलिए आग तुरन्त भड़क उठी।"[7] जब प्रजा और नेता अपना सबकुछ न्यौछावर करने को तैयार होते हैं तो उनकी अरजी को नया बल मिलता है। यह जो नया जोश है उसका एक ही नाम है-अभय। जब प्रजा शासक के प्रति अभय व्यवहार करती है तो शासक की दंड शक्ति का पैनापन टूट जाता है। फिर न तो प्रजा को दंड का भय, देश-निकाल होने का भय और न प्राण गवाने का भय। गांधीजी अभय की ताकत को भली-भाँति समझते थे। बचपन से डर और भय के साथ नाता रहा था उनका। रम्भादाई से बचपन में रामनाम का पाठ सीखते मोहनदास और घृणा एवं हिंसा के संहार पथ पर तीन गोलियों को अपने सीने से रोकनेवाले महात्मा की यदि कोई ताकत थी तो वह सत्य परायणता और सत्य पालन से प्राप्त अभय।

प्रजा में जागृति का मतलब ही अभय है उनके लिए। वह कहते हैं, "यह जोश अखबारों के लेखन में नजर आता है। लेख कड़े होने लगे। जो बात लोग डर से, दबी ज़बान में करते थे, वह बात खुले आम कही-लिखी जाने लगी। स्वदेशी हलचल चली। अंग्रेज को देखते ही छोटे-बड़े भाग जाते थे। पर अब उनका खौफ खत्म हुआ है। लोग मारपीट से भी नहीं डरे, जेल जाना भी बुरा नहीं मानते; और आज हिन्द के पुत्ररत्न देश निकाला भी गर्व से स्वीकार करते है।"[8] इसीलिए गांधीजी निस्संदेह कह सकते हैं कि यह आग अब बुझनेवाली नहीं है, और न इसे बुझाने की जरूरत है।

इस नई सामग्री के कारण अंग्रेजी जहाज में भी दरार पड़ी। ऐसी दरार, जो कभी जुड़नेवाली नहीं थी। दरार केवल अंग्रेजी जहाज में ही नहीं लेकिन कांग्रेस और उस कारण प्रजा में भी थी। नर्म और गर्म दल के बीच भी दरार साध्य को लेकर नहीं किन्तु साधन को लेकर थी। बंग-भंग हिलचाल का एक गहरा नतीजा यह हुआ कि हिन्द की

अगुवाई करने वालों के बीच और प्रजा के अंदर स्वतन्त्रता आन्दोलन के साधन के प्रति नई जागृति आई। यह एक ऐसी बहस थी कि स्वातन्त्र्य तक कायम रही। शायद आज भी दूसरे स्वरूप में हमारे साथ है।

साधन प्रति समानता और प्रजा को अपनी ताकत का परिचय प्रजा गठन के स्पष्ट संकेत हैं गांधीजी के लिए।

अशान्ति और असन्तोष

हिन्द स्वराज का यह सबसे छोटा प्रकरण। इसमें गांधी जी दो शब्द की व्याख्या करते हैं : अशान्ति और असन्तोष।

जागृति और अशान्ति के बीच सम्बन्ध क्या है? अशान्ति किसी को भानेवाली अवस्था नहीं हो सकती। गांधीजी अशान्ति को निर्भ्रान्त और पूर्ण जागृति के बीच वाली अवस्था–जिसे वह आलस की अँगड़ाई कहते हैं–करार देते हैं। अँगड़ाई की अवस्था में अचेतन पूर्णतया दूर नहीं होता। लेकिन यह अवस्था सहज एवं अनिवार्य है और इस कारण सही।

लेकिन नींद से उठने के बाद हम हमेशा अँगड़ाई की स्थिति में नहीं रहते, देर-सबेर अपनी क्षमता अनुसार जाग्रत् होते हैं। इसी प्रकार अशान्ति कोई प्रजा की स्वभाविक एवं सदैव की स्थिति नहीं हो सकती। प्रजा को अशान्ति से छुटकारा पाना होता है।

अशान्ति अनिवार्य मानसिक जद्दो-जहद का समय है। गांधीजी के लिए अशान्ति असन्तोष का स्वरूप है। जब तक व्यक्ति या प्रजा अपनी वर्तमान स्थिति से सन्तुष्ट हो तब तक वह उस परिस्थिति को बदलने का या फिर अपने आपको उससे निकालने का यत्न नहीं करता। इसलिए वह कहते हैं कि "हर सुधार से पहले असन्तोष होना ही चाहिए।"[9] प्रचलित चीज से ऊब जाने पर ही उसे फेंक देने का मन होता है।

बंग-भंग से प्रजा में असन्तोष फैला, उससे अशान्ति हुई। इस जोश से सुधार की लगन लगी जिसमें कई लोग मरे, बहुत से बरबाद हुए, जेल गए, और देश निकाला भी मिला।

केवल बंग-भंग ही एक कारण नहीं है इस अशान्ति और असन्तोष

के लिए। हिन्द में नवोन्मेष की प्रक्रिया भी चल रही थी। इस तरफ निर्देश करते हुए गांधीजी कहते हैं, ''यह असन्तोष हमें महान हिन्दीयों और अंग्रेजों की पुस्तकें पढ़कर ही प्राप्त हुआ है।''[10]

अशान्ति और असन्तोष को अनिवार्य एवं अच्छे लक्षण मानते हुए भी गांधीजी इस परिस्थिति से चिन्तित हैं। वह कहते हैं कि, ''ये सब अच्छे लक्षण माने जा सकते हैं पर उनका परिणाम बुरा भी हो सकता है।''[11] कारण साफ है। अशान्ति और असन्तोष प्रजा की स्वाभाविक एवं कायमी स्थिति न होने के कारण यदि यह अवस्था अस्वाभाविक रूप से लम्बी चले तो इससे प्रजा के दिशाहीन और गुमराह होने की सम्भावना होती है।

इस प्रकार पहले तीन प्रकरण में गांधीजी स्वराज की पूर्व शर्त का ब्यौरा देते हैं। अनिवार्य है कि एक प्रजा होने की लगन पैदा हो। पर इस प्रजा का गठन एक मत से नहीं होना है, उस भावना में मतान्तर, मतभेद को स्थान है और होना चाहिए। गांधीजी के लिए एक प्रजा का मतलब सर्वथा, हर विषय पर एकमति हों, ऐसा कभी नहीं था। इसे वह इच्छनीय भी नहीं मानते थे। भिन्न आस्थाओं को पनपने का मौका दे ऐसी प्रजा ही अपने आप को मजबूत कर सकती है।

दूसरी अनिवार्यता है कि प्रजा गैरइन्साफी से ज्ञात हो और उसका सामना करने के लिए सज्ज भी। प्रजा अपनी ताकत से परिचित हो, यह जरूरी है। इससे जो अशान्ति और असन्तोष पनपा है उसे योग्य दिशा देने से ही उसकी सम्भावनाओं का सही उपयोग सम्भव है।

गांधीजी साफ कह रहे हैं कि स्वराज प्रजा का अधिकार तो है पर इस अधिकार के साथ कई फर्ज जुड़े हुए हैं। सबसे अहम फर्ज है कि प्रजा अपने आपको स्वराज प्राप्ति के लिए और स्वराज निभाने के काबिल बनाए।

स्वराज क्या है?

'स्वराज क्या है?' स्वराज, जिसे पाने के लिए सभी आतुर दिखते थे, जिसके कारण कई लोग जेल गए, कइयों ने देश निकाला भुगता, सर्वस्व न्योछावर किया, जिसकी लगन कांग्रेस जैसी संस्था की प्रेरणा बनी; वह स्वराज क्या है?

ऐसे तो वह बात दीये जैसी स्पष्ट और साफ है। स्वराज यानी स्वतन्त्रता, स्वराज यानी परराज्य न होना, स्वराज यानी परतन्त्र न होना। स्वराज यानी अपनी सत्ता, कानून-विधि, लश्कर और प्रशासन देशियों के हाथ में हो। यही समझ लेकर लोग चले थे, इसी विचार से प्रेरित लोग अपना सर्वस्व न्योछावर करने को आतुर थे। गांधीजी इस प्रकरण में स्वराज की इस समझ और व्याख्या पर सवाल उठाते हैं।

अंग्रेज को निकाल बाहर करना वही स्वराज, पर ऐसा क्यों-इस विषय पर कोई गहरी सोच है, ऐसा गांधीजी को नहीं महसूस हुआ। सोच तो साफ थी। जैसे अंग्रेज किसी अन्य प्रजा को अपने देश में पैर नहीं जमाने देते, अपना राज्य खुद करते हैं वैसा हमें भी अधिकार है। यही भावना राष्ट्रीय अस्मिता की कल्पना थी। एक प्रजा को अपना राष्ट्र एवं राज्य बनाने का और उसे बरकरार रखने का राजकीय, कानूनी और नैतिक अधिकार होना चााहिए। इसी से जुड़ा हुआ खयाल, बेइन्साफी और बेअदबी का था। पाठक के मुँह से गांधीजी इस विचार को व्यक्त करते हैं ''उनके राज-काज से देश कंगाल होता जा रहा है। हर वर्ष देश से धन ले जाते हैं और वह अपनी गोरी चमड़ी के लोगों को बड़े ओहदे देते हैं। हमें मात्र गुलामी में रखते हैं। हमसे उच्छृंखलता का बर्ताव करते

हैं और हमारी तनिक भी परवाह नहीं करते।"[12] सवाल यह है कि यदि वे देश का धन बाहर न ले जाएँ, नम्र बनें, हमें ऊँचे ओहदें दें, तब उनके बने रहने में हमें कोई आपत्ति होनी चाहिए?

यदि यह सब बेइन्साफी दूर हो जाए फिर भी अंग्रेज का हिन्द में होना, उस पर राज्य करना जायज नहीं होगा क्योंकि हमें चाह थी हमारा झंडा हो, हमारी शान-शौकत हो "उन लोगों के जैसी सत्ता मिल जाने पर झंडा तो हम अपना ही रखेंगे। जैसे जापान वैसे हिन्दुस्तान। हमारा अपना जंगी बेड़ा, अपनी फौज, अपनी शान-शौकत। और तभी हिन्दुस्तान की गूंज पूरी दुनिया में होगी।"[13]

रोम-रोम हर्षित हो ऐसा यह कल्पन है। इसी गूँज सुनने की चाह में हम अपना सर्वस्व न्योछावर करने को तत्पर थे। स्वराज की लगन के लिए इससे अधिक कोई वाद की अनिवार्यता नहीं है, ऐसी हमारी और कई अन्य प्रजाओं की सोच रही है।

गांधीजी पेचीदा सवाल उठाते हैं। यदि हमारे कहने मात्र से, या हमारे अथक प्रयत्न से अंग्रेज चले गए तो उसके बाद हम क्या करेंगे?

इस पर सामान्य सोच थी कि उनका बनाया हुआ ढाँचा हम रखेंगे और राज-काज चलाएँगे। "हम मान लें कि वह चले गए, तो मुझे लगता है कि उनका बनाया विधान हम रखें और राज-काज चलाएँ। यदि कहने भर से वे चले जाएँ तो हमारे पास बनी-बनाई सेना वगैरह होगी, और राज-काज चलाने में कोई अड़चन नहीं आएगी।"[14]

खाका तो खूब खींचा था, पर गांधीजी को साफ दिखाई देता था कि हमें अंग्रेजी राज्य चाहिए, अंग्रेज नहीं, हम बाघ का स्वभाव चाहते हैं पर बाघ को नहीं। यह उनकी कल्पना का स्वराज नहीं था। "इसका मतलब यह हुआ कि आप हिन्दुस्तान को अंग्रेजी बनाना चाहते हैं। और इस तरह अंग्रेजी बना हिन्दुस्तान, हिन्दुस्तान नहीं कहलाएगा बल्कि वह सचमुच इंग्लिस्तान कहलाएगा। यह मेरी कल्पना का स्वराज नहीं है।"[15] यह क्रान्तिकारी विचार था। स्वराज केवल राजकीय स्वातंत्र्य नहीं पर उससे बढ़कर कुछ हो सकता है, यह सोच कायम करने में गांधीजी ने अपना पूरा जीवन बिताया। अंग्रेज की नकल हम क्यों न करें, यह सवाल बहुतों के लिए नाजायज सवाल था। स्पेन्सर, मिल की किताबें पढ़कर

हममें नवजागृति आई थी। अंग्रेज आधी दुनिया पर राज करते थे, उनकी संसद तो पार्लियामेंट की जननी मानी जाती थी। रास्ता साफ था। जो प्रजा अंग्रेज की नकल करेगी वह उन्नति के पथ को पाएगी। "मुझे लगता है हमें निश्चय ही उनकी नकल करनी चाहिए। और यह नकल इस हद तक करनी चााहिए कि जिस प्रकार वह किसी दूसरे को अपने मुल्क में दखल देने नहीं देते, हम भी दखल न देने दें। अपने मुल्क में उन्होंने जो कुछ किया वह दूसरे मुल्कों में अभी तक देखने को नहीं आता। वह सब हमें अपने देश में ही करना होगा।"[16] यही तो असली ताकत थी उपनिवेशवाद की। आशीष नन्दी जिसे 'अन्तरंग अरि' कहते हैं वह यही है। बात सिर्फ अंग्रेज की नकल तक सीमित नहीं थी। सवाल सिर्फ इतना नहीं था कि हम उनकी पुस्तकें, संस्थाओं या शान-शौकत से प्रभावित थे। मूल बात तो यह थी कि हमने उनकी सोच, संस्था, विधि-विधान, संस्कृति, साहित्य, सौन्दर्य अभिरुचि और रहन-सहन तक को आत्मसात् किया था। वे हम में घुल-मिल गए थे; और हम शायद उनमें। वे हमारा हिस्सा थे। ऐसा हिस्सा, जिससे हम मोहित भी थे और विचलित भी। तो जब सवाल अंग्रेज को नहीं पर अंग्रेजीपन को बाहर निकाल करने का हो तो सिर्फ अंग्रेज चले जाने से बात नहीं बनती। हमें अपने में बसे, घुल मिल गए अंग्रेजीपन को भी बाहर निकाल करना था। हमें अपना एक हिस्सा, एक अंग आत्मा और मन में ओत-प्रोत अंग्रेजीपन को दूर करना था। अंग्रेजीपन के प्रति तिरस्कार और घृणा अपने प्रति भी हिंसा थी। गांधीजी इससे ज्ञात थे। वह भी विलायती बनने का स्वांग रचा चुके थे। कस्तूरबा और बच्चों को उन्होंने यह स्वाद चखाया हुआ था। इस मोह से मुक्त होना कितना अनिवार्य और दुष्कर था, यह वह भली-भाँति समझते थे। इसलिए वह चेतावनी देते हैं, "स्वराज को समझना जितना सहज आप को लगता है, मुझे उतना ही मुश्किल। फिलहाल मेरा प्रयास आपको केवल यह समझाना है कि, जिसे आप स्वराज मानते हैं वह सच में स्वराज नहीं है।"[17]

इंग्लैंड की स्थिति

बीसवीं सदी के पहले दशक में आदर्श राज्य व्यवस्था की चाह व्यक्त होती थी एक संस्था द्वारा। यह संस्था थी–संसद। लोग अपने प्रतिनिधि कोई दबाव, लालच या भय रहित चुनें और यह प्रतिनिधि प्रजा का वफादार रहे, प्रजाहित में निर्णय ले, यही विचार गुलाम प्रजा को नवपल्लवित करनेवाला कल्पन था। केवल कल्पन नहीं, प्रजा की इच्छा और मनीषा–दोनों इस कल्पन से झंकृत थी। स्वतन्त्रता संग्रामों का चलन और वलन प्रायः इसी कल्पन से नियमित थे। लोकशाही का मूल विचार तो समानता था। समता बगैर लोकशाही की कल्पना और गठन–दोनों असम्भव थे। अपने समाज में दबे–कुचले या परराज्य की गुलामी में दबी प्रजा के लिए समता से अधिक कोई चाह नहीं हो सकती। संसद समता और लोकप्रतिनिधित्व–दोनों महेच्छा पर खरी उतरने वाली व्यवस्था मानी जाती थी। इसमें कई खामियाँ थीं, जैसे महिला मताधिकार और प्रतिनिधित्व। इसके बावजूद संसदीय लोकशाही की सम्भावना अगाध मानी जाती। उसके प्रति विरोध भी संसदीय प्रणाली से होता। इसमें विरोध कम और अपेक्षा ज्यादा थी। सोच थी कि आदर्श पथ से वह विचलित है, सही राह पाते ही आदर्श अवस्था भी सम्पन्न होगी।

इंग्लैंड तो है पार्लियामेंट की जननी। उसकी संसदीय प्रणाली ही आदर्श एवं मापदंड भी। अंग्रेजी साम्राज्यवाद से दबी प्रजा की भी चाह यही होती कि वह भी स्वतन्त्रता पाए और अंग्रेजी संसदीय प्रणाली अपनाकर राज–काज चलाए। अंग्रेजी साम्राज्यवाद विरोधी हलचल में भी राजकर्ताओं को उनकी संसदीय प्रणाली और व्यवस्था की दुहाई दी

जाती। जो अधिकार वे अपने देश में भोगते हों उससे अन्य प्रजा को वंचित क्यों और कैसे रखें? संसदीय प्रणाली को कुदरती अधिकार का, प्रजा की राज्य आकांक्षा की स्वभाविक अवस्था का दरजा था। यही कुदरती और स्वाभाविक हक सब प्रजा को समान रूप से मिलने चाहिए। यही सोच साम्राज्य के खिलाफ सबसे महत्त्वपूर्ण दलील थी। कभी यह भी कहा जाता कि हर प्रजा लोकशाही के योग्य नहीं है। प्रजा का गठन अभी ऐसा नहीं हुआ कि जिसमें वह स्वायत्त राज कर सके और समता आधारित संसदीय प्रणाली अपना सके। इस विचार में प्रजा की अपरिपक्वता की बात थी। सोच थी कि धीरे-धीरे समय के साथ प्रजा यह परिपक्वता हासिल कर अपना राज खुद चला सके। पर इस सोच में भी संसदीय व्यवस्था की आदर्श अवस्था, सर्वोपरिता और न्याय से कोई बुनियादी मतान्तर नहीं था। पूरा वाद-विवाद संसद की इच्छनीयता के दायरे में ही हो रहा था।

ऐसे माहौल में गांधीजी पार्लियामेंट की नींव पर प्रहार करते हैं। यह प्रहार 'संसद आदर्श अवस्था है और उसके परे कुछ भी सम्भव नहीं है,' इस सोच पर बुनियादी प्रश्न उठाते हैं। वह कहते हैं : "जिसे आप पार्लियामेंट की जननी कहते हैं वह पार्लियामेंट तो बाँझ और वेश्या है।"[18] इन दो '**ग्रामीण**' भाषा प्रयोग से कई लोग विचलित हुए फिर भी गांधीजी ने इन दो शब्दों में कोई बदलाव नहीं किया। वह बाँझ और वेश्या क्यों?

"मैने बाँझ कहा क्योंकि स्वयं से पार्लियामेंट ने आज तक एक भी अच्छा कार्य नहीं किया। यदि इस पर दबाव डालने वाला कोई न हो तो वह कुछ भी न करे, यह उसकी स्वाभाविक रीत है। और वह वेश्या है क्योंकि, जो भी मंत्रिमंडल उसे रखे उसके पास वह रह जाती है।"[19]

वह कहते हैं कि संसद की अपनी स्वायत्त कोई इच्छाशक्ति और कार्यशक्ति सम्भव नहीं। उसका गठन ही पक्ष आधार से होता है। जिस तड़े के पास बहुमति उसकी होकर संसद रहती है। इस कारण संसद प्रजाहित में नहीं परन्तु सत्ताधारी के पक्ष के हित में कार्य करती है। प्रजा का हित पूर्णतयः अप्रस्तुत है, यह बात नहीं है पर प्रजाहित की व्याख्या पक्षीय तड़ों के आधार और पक्षीय विचारधारा के अनुरूप होती है।

जब संसद का स्वामी संसद नहीं परन्तु पक्ष के नेता हो उसका चलन एक सरीखा नहीं रहता। "जैसे बेहाल वेश्या के होते हैं वैसे ही सदैव पार्लियामेंट के भी। प्रधानमंत्री पार्लियामेंट की चिन्ता कम ही करते हैं। वह तो सत्ता की धुन में मस्त रहते हैं। उसकी मात्र एक लगन है कि उनका पक्ष कैसे जीते। पार्लियोमेंट सही कार्य कैसे करे, उसकी चिन्ता उन्हें नहीं रहती।"[20]

सवाल सही कार्य करने का है, पक्ष हित सँवारना नहीं। सभ्य अपने पक्ष को मत देने के लिए बँधे हों तब वह अपनी स्वायत्त सोच अनुसार या अन्तरआत्मा की पुकार सुनकर कार्य नहीं कर सकते। अपवाद रूप सभ्य की बलि निश्चित होती है। जहाँ सभ्य अपनी सोच अनुसार कार्य न कर पाए, अपनी सच्चाई को ताबे होकर अपना मत व्यक्त न कर पाए तो उसे नैतिक व्यवस्था करार नहीं दिया जा सकता। इसी कारण गांधीजी कहते हैं कि पार्लियामेंट 'सच्चे ईसाई' के लिए, धर्मनिष्ठ मानुस के लिए लायक नहीं रही। सच्चाई की सम्भावना को सीमित करनेवाली व्यवस्था गांधीजी को मंजूर नहीं। यह तो प्रजा को लुभाने का खिलौना मात्र बनकर रह जाती है।

इस 'जगत बातूनी' को चुननेवाले लोग का धर्मपुस्तक अखबार है। और वह गांधीजी ने आरम्भ में कहा, ऐसा अखबार नहीं है। यह अखबार लोक भावनाओं को जान उसे प्रकट करे, अपेक्षित लोकभावनाओं को पैदा करे और बेधड़क लोकदोष को व्यक्त करनेवाले अखबार नहीं है। उनकी निष्ठा सत्य के प्रति नहीं किन्तु पक्ष हित के प्रति होती है। और इसी कारण वह अप्रामाणिक भी।

जब अखबार ऐसे हो तो लोकमत और लोकभावना स्थिर नहीं हो सकती। गांधीजी कहते हैं कि लोकभावना घड़ियाल के लोलक जैसी इधर-उधर भटकती है। सुन्दर खाका खींचा है उन्होंने, "कोई मानुस कुछ ठसक वाला हो, बढ़-चढ़कर बातें करनी और मजलिस लगानी आती हो, तो सब नक्कारची माफिक उसी के ढोल पीटने लगते हैं। ऐसे लोगों की पार्लियामेंट भी ठीक वैसी ही होती है।"[21]

शुद्ध भाव और शुद्ध प्रामाणिकता रहित संसद धर्मस्थान कभी नहीं हो सकती। अरजी, दबाव, पक्षहित रहित पार्लियामेंट कैसी हो, उसका

चित्र खिंचते हुए वह कहते हैं : "लोक द्वारा उत्तम से उत्तम मेम्बर ही उसमें चुनकर भेजे जाएँ। मेम्बर बिना तनख्वाह जाएँ, अर्थात उन्हें लोक कल्याण हेतु ही जाना चाहिए। लोक स्वयं में सुशिक्षित माना जाता है, इसलिए हम मान सकते हैं कि उससे भूल नहीं होती। ऐसी पार्लियामेंट को अरजी की जरूरत नहीं, उस पर दबाव जरूरी नही। ऐसी पार्लियामेंट का कार्य इतना सहज होना चाहिए कि उसका तेज और लोक प्रभाव दिन-प्रतिदिन बढ़ता जाए।"[22]

आज जब हम पार्लियामेंट से कुछ निभ्रान्त हुए हैं, अहम सवालों पर चर्चा के समय नींद के झोंके खाते सभ्यों के चित्र देखने के हम आदी हो चुके हैं, संसद की दहाड़ से हम विचलित हैं; इस वक्त गांधीजी की संसदीय प्रणाली के प्रति अनास्था नाजायज नहीं लगती। पर वह तो बीसवीं सदी का पहला दशक था। हम तो संसद की दुहाई देकर स्वतन्त्रता आन्दोलन चला रहे थे, ऐसे समय संसदीय व्यवस्था का बुनियादी नकार गांधीजी को अराजकतावादियों की टोली में शामिल करने के लिए पर्याप्त था।

वह अराजकतावादी थे या नहीं, यह सवाल हमारे लिए अहम नहीं है। वह दो बुनियादी सवालों के प्रति हमारा ध्यान आकर्षित कर रहे हैं। एक, स्वराज केवल राजकीय नहीं, परन्तु सभ्यता की निशानी है। और इस कारण यदि हिन्द ने अंग्रेजीयत चाही तो हिन्द इंग्लिस्तान बनकर रह जाएगा। दूसरा, यूरोप की संस्था, प्रणाली और चलन-वलन का धरातल तो उनका आधुनिक सुधार है। वह कहते है : "अंग्रेजों का इसमें कोई विशेष दोष नहीं। दोष है-उनके-यानी यूरोप के आजकल के सुधार का। यह सुधार तो कुधार है, और इससे यूरोप की प्रजा बरबाद हो रही है।"[23]

हिन्द स्वराज इस सुधार/कुधार का चिन्तन है।

सुधार दर्शन

यदि इंग्लैंड की दयनीय स्थिति का मूल कारण उनका सुधार है–जो गांधीजी के लिए कुधार है–तो यह सुधार क्या है, इस पर सोचना अनिवार्य हो जाता है।

सुधार शब्द का चयन क्यों किया गांधीजी ने? सामान्यतः गुजराती, हिन्दी एवं अन्य भारतीय भाषाओं में 'सुधार' शब्द का प्रयोग अंग्रेजी शब्द 'रिफॉर्म' के पर्याय के रूप में होता है। 'रिफॉर्म' का अर्थ तो नया रूप, नया स्वरूप, नया आकार, नया आयाम देना होता है। जो अवस्था पहले थी उसे 'रिफॉर्म' करने से उस अवस्था में आमूल परिवर्तन होता है। जो प्राचीन था वह नवीन बनता है। इस नवीन में केवल प्राचीन का अलग, भिन्न या फिर नया स्वरूप ही है, ऐसा न समझें। 'रिफॉर्म' से जो नवीन का गठन होता है उसमें ऐसे कई तत्त्व या सामग्री हो सकती है, जो प्राचीन में नहीं थी। इस प्रकार 'रिफॉर्म' में पुरानी सामग्री का सांप्रत सामग्री के साथ मेल है। इससे जो प्राप्त होती है वह प्राचीन से बिलकुल नई अवस्था इंगित करती है। इस कारण 'रिफॉर्म' का अर्थ परिवर्तन भी होता है। परिवर्तन और नव संस्करण में यह गर्भित था कि हर परिवर्तन अच्छा होता है। पहले की अवस्था से परिवर्तित अवस्था इच्छनीय हो। इस कारण 'रिफॉर्म' शब्द का अर्थ छाया में परिवर्तन के साथ प्रगति का भी अर्थ है। परिवर्तन और प्रगति ही 'रिफॉर्म' के सही आयाम माने जाते हैं।

गांधीजी 'रिफॉर्म' के अर्थ में सुधार शब्द के प्रयोग से एवं सुधारक प्रक्रिया से भली भाँति परिचित थे। उन्होंने गुजराती सुधार आन्दोलन का

अध्ययन किया था। सुधार विचार से प्रेरित साहित्य और सुधारक के जीवन से वह परिचित थे। उन्हें स्पष्ट जानकारी थी सुधार प्रक्रिया की।

लेकिन गांधीजी हिन्द स्वराज में 'सुधार' शब्द का प्रयोग केवल 'रिफॉर्म' के अर्थ में नहीं कर रहे। हिन्द स्वराज के पाठ में 'सुधार' शब्द का प्रयोग 96 बार होता है। यानी 'पाठक' और 'अधिपति' शब्द से भी अधिक व्यापक। 'अधिपति' शब्द का प्रयोग 88 बार हुआ है। यही नहीं, 'स्वराज' शब्द से भी अधिक प्रयोग 'सुधार' शब्द का है। 'स्वराज' का प्रयोग 56 बार किया गया है। यह असाधारण घटना नहीं है। हिन्द स्वराज का मूल मंत्र ही सुधार है।

हम जानते हैं कि हिन्द स्वराज का अंग्रेजी तर्जुमा गांधीजी ने स्वयं किया था। यह एक ही उनकी कृति थी जिसका उन्होंने खुद तर्जुमा दिया हो। गुजराती और अंग्रेजी पाठ को एक साथ पढ़ने से 'सुधार' शब्द के प्रयोग के भिन्न अर्थ स्वयं स्पष्ट होते हैं। 'सुधार' शब्द के लिए अंग्रेजी तर्जुमे में गांधीजी ने 'सिविलाइजेशन' ('सभ्यता') शब्द का उपयोग किया है। 'सभ्यता' के लिए 'सुधार' शब्द का प्रयोग गांधीजी के सिवाय, गुजराती या हिन्दी में शायद किसी और ने नहीं किया। उनके पहले भी नहीं और हिन्द स्वराज के लेखन, प्रकाशन, प्रचलन के बाद भी नही। 'सभ्यता' के अर्थ में 'सुधार' शब्द का प्रयोग गांधीजी का अनोखा, अपना है। उन्होंने 'सुधार' शब्द का प्रयोग भिन्न सन्दर्भों में भिन्न अर्थों को इंगित करने के लिए किया है: 'सिविलाइजेशन' (सभ्यता) यूरोपीय 'सिविलाइजेशन' (यूरोपीय सभ्यता) 'ऐंशिएंट सिविलाइजेशन' (प्राचीन सभ्यता), 'इंडियन सिविलाइजेशन' (भारतीय सभ्यता), 'रिफॉर्म' (सुधार), और 'प्रोग्रेस' (प्रगति)। इतनी सारी अर्थ छायाओं को अपने में समेटे हुए है 'सुधार' शब्द।

यदि गांधीजी को 'सभ्यता' के अर्थ में 'सुधार' शब्द का ही प्रयोग करना था तो फिर गुजराती में भी 'सभ्यता' और 'संस्कृति'–दोनों शब्द उपलब्ध और प्रचलित थे और हैं। गुजराती भाषा का मान्य शब्दकोश 'भगवद गोमंडल' तो कहता है–'सिविलाइजेशन' का पर्याय 'संस्कृति'। शायद गांधीजी सभ्यता का ऐसा विचार कि जो संस्कृत भाषा और उससे जुड़ी हुई सोच और व्यवहार से सलंग्न हो, नहीं चाहते थे। इससे यह

समझ में आता है कि 'संस्कृति' शब्द का चयन क्यों नहीं किया। किन्तु 'सुधार' शब्द का प्रयोग इसमें स्वयं स्पष्ट नहीं है।

गांधीजी 'सुधार' शब्द में छिपी दो सम्भावनाओं को उजागर करना चाहते हैं। सुधार यानी अच्छी, सही, सच्ची धारा, सत्य पथ। और है 'धृ' 'धरयती' के अर्थ में धारण करना। ऐसी सम्भावना जो मानव समाज को धारण करती है, उसे पुष्ट करती है। ऐसा सुधार है। मानुस को फर्ज की राह दिखाती है और आत्मज्ञान की सम्भावना भी। इस अर्थ में सुधार सभ्यता है। 'सुधार' शब्द में गति और दिशा–दोनों का भाव है। 'सुधार' शब्द केवल सुपथ या सत्यपथ ही नहीं है। वह दिशा दर्शक भी है : अनीति से नीति, असत्य से सत्य, बन्धन से मुक्ति। इसमें जो बुरा है, अनिच्छनीय है उसका नकार और सही, सच्चे, अच्छे की चाह भी गर्भित है।

गांधीजी कहते हैं; अंग्रेजी प्रजा सुधार जो सच में कुधार है, उसके नीचे कुचली जा रही हैं। सुधार किस प्रकार की स्थिति का सूचक है? वह कहते हैं : ''इस सुधार की सही पहचान तो यह है कि मानव बाहरी शोध और शरीर–सुख में सार्थकता और पुरुषार्थ मानते हैं।''[24] गौर करें शब्द 'इस सुधार' पर। हर जिस सुधार सभ्यता की यह पहचान नहीं है। गांधीजी जिस सुधार के मोह में अंग्रेज फँसे हैं, जिससे वह दबे हैं उस सुधार की बात कर रहे हैं।

इस व्याख्या पर हम थोड़ी देर में विचार करेंगे। पहले इस सुधार के लक्षण के प्रति ध्यान दें। इस सुधार का लक्षण तो शरीर सुख में बढ़ोतरी करना है। अच्छे घर, ज्यादा, बेहतर कपड़े, शारीरिक श्रम में कटौती, एकाधिक वक्त भरपेट और तरह–तरह का भोज ही उनके लक्षण होंगे। पर इतने से बात नहीं बनती। यह सुधार केवल बढ़ोतरी से संतुष्ट नहीं। इस बढ़ोतरी की एक निश्चित दिशा इस सुधार में शामिल है। ''यदि किसी देश के वासी जूता इत्यादि पहनने के आदी न हों और वह यूरोपीय वस्त्र पहनना सीख जाएँ, तब वह जंगली दशा से सुधरी दशा में पहुँचे माने जाते हैं।''[25] सुधार यानी यूरोपीय रीत–रस्म। जो इस प्रकार की रीत–रस्म अपनाने में असमर्थ हो या इस रीत–रस्म को समझ–बूझकर अपनाने के खिलाफ हों वह सभी असभ्य, जंगली। तो

जंगलीयत और सभ्यता के बीच का अन्तर है यूरोपीय रीत-रस्म। और यूरोपीय रीत-रस्म भी आधुनिक यूरोप की क्योंकि पहले का यूरोप आज के यूरोप की तुलना में कुछ ही सभ्य था क्योंकि सुधार से प्रगति हुई है। कैसी प्रगति? इस पर ध्यान दें। "पुराने समय में यूरोप के लोग मामूली हल की मदद से, निजी जरूरत अनुसार, खुद मेहनत कर जमीन जोतते थे। आज भापयन्त्रों से हल चलाकर एक मानुस बहुत सी जमीन जोत सकता है और बहुत सा पैसा बटोर सकता है।"[26]

आधुनिक सुधार का एक लक्षण उत्पादन प्रथा में आमूल परिवर्तन है। तीन प्रक्रिया को गांधीजी लक्ष्य पर लाते हैं; हल (यानी उत्पादन का साधन), खुद मेहनत और निजी जरूरत। केवल शारीरिक श्रम का सवाल नहीं है। सवाल उत्पादन के साधन तक भी सीमित नहीं है। मुख्य बात तो निजी जरूरत की है। कृषि या अन्य कोई भी उत्पादन का ध्येय बाजार नहीं परन्तु निजी जरूरत थी। इसमें संचय की सम्भावना बहुत सीमित थी। नई उत्पादन प्रथा भापयन्त्र का उपयोग करती है जिसका ध्येय है–बहुत सी जमीन जोतकर बहुत सा पैसा बटोरना। इस प्रकार मूडी संचय होता है। और इस मूडी संचय से कृषि से लेकर खान और कारखानों की मंजिल सम्भव होती है।

गांधीजी कहते हैं : "आज अपनी गुजर की खातिर हजारों मजदूर एक ही जगह बड़ी-बड़ी खानों या कारखानों में काम करते हैं। आज उनकी दशा जानवरों से भी हल्की हो गई है।"[27] आधुनिक उत्पादन प्रथा में श्रम विक्रय होता है। उत्पादन के साधन की मालिकी पूँजीपति के हाथ में होने से पैसे वाले मानुस अन्य के श्रम को खरीद मुनाफा कमाते हैं। उत्पादन की प्रथा और साधन की माँग है कि उत्पादन एक जगह केन्द्रीत हो। गांधीजी इस नई गुलामी को भली भांन्ति समझते हैं। "पहले मार के डर से मानुस को गुलाम बनाते थे लेकिन आज मनुष्य को पैसे और भोग के लालच से गुलाम बनाया जाता है।"[28]

गांधीजी शारीरिक सुख बढ़ाने की दौड़ का चित्र देते हैं। इस सुधार का शिखर क्या हो सकता है? 1909 में उन्होंने कल्पन दिया : "और आज की धारणा है, कि जैसे-जैसे सुधार आगे जाएगा, मानव हवाई जहाज में बैठ कुछ ही घंटो में दुनिया के किसी भी कोने में पहुँच

पाएगा। मनुष्य को हाथ-पाँव इस्तेमाल नहीं करने पड़ेंगे। एक बटन दबाते ही पहनने की पोशाक सामने आ जाएगी, दूसरा बटन दबाने पर अखबार सामने आ जाएगा, तीसरा बटन दबाने से गाड़ी तैयार हो जाएगी, नित्य नया भोजन मिलेगा, हाथ-पैर के उपयोग की जरूरत नहीं रहेगी। सभी काम यन्त्र से हो जाएँगे।''[29]

स्पष्ट है कि गांधीजी के कहे अनुसार, सुधार की खोज है कि शारीरिक सुख कैसे मिले, प्रयास है-उसे दे पाना। इस सुधार के विपरीत कोई बात कहे तो उसे भोला-बौड़म करार दिया जाता है। इस सुधार में नीति और धर्म सम्भव नहीं है। ''नीति और धर्म की बात इसमें है ही नहीं। सुधार के हिमायती स्पष्ट कहते हैं कि उनका काम लोगों को धर्म समझाना नहीं है।''[30] जो सुधार अधर्म हो, जिसमे नीति या धर्म की सम्भावना नहीं हो ऐसा सुधार शैतानी राज्य या कलियुग समान है। ''पैगम्बर मोहम्मद की शिक्षा अनुसार यह शैतानी राज्य माना जाएगा। हिन्दू धर्म इसे घोर कलियुग कहता है।''[31]

गांधीजी की इस सोच का कारण क्या है? इसे समझने के लिए इस सुधार की व्याख्या और उसके लक्षण को गौर करना होगा। गांधीजी ने कहा कि इस सुधार की दिशा और गति कुछ भिन्न है। उसकी चाह है शरीर-सुख, उसकी शोध है बाहरी। इसी में सार्थकता और यही पुरुषार्थ। मानुस होने का अर्थ ही बदल गया, व्यक्ति और समाज के लिए। यह एक अद्वितीय दार्शनिक घटना है। पहले कभी ऐसा हुआ नहीं कि मानव जीवन का अर्थ, सार्थक्य और पुरुषार्थ केवल बाहरी हो। और मानव होने की व्याख्या ही चीजों से होने लगी। बाहरी शोध इंगित करती है एक असम्भावना के प्रति। यह अशक्यता है आन्तर खोज की, अपने आपको पाने की, खुद को समझने की। आन्तर खोज और बाहरी खोज के बीच विशाल दार्शनिक अन्तर है, ऐसा अन्तर कि जिसे लाँघना लगभग असम्भव। जब सार्थक्य और पुरुषार्थ शारीरिक सुख केन्द्री हो तब मानव जीवन की पुष्टि पदार्थ द्वारा होती है। पदार्थ है तो मानव है। मानुस होने का तात्पर्य ही मानो चीज-वस्तु। अंग्रेजी में इस घटना के लिए सुन्दर शब्दावली है : ''मशीन्स एज मेजर ऑफ मेन'' (कल-यन्त्र ही मानव का मापदंड)। ऐसा पहले कभी नहीं हुआ था। जब आन्तर

दृष्टि ही सम्भव न हो तो उससे जुड़े कई पुरुषार्थ समाप्त हो जाते है। धर्म, नीति, सत्य, फर्ज या इन सबके विपरीत वर्तन अधर्म, अनीति, असत्य; यह सब मानव केन्द्री वर्तन और सोच है। पदार्थ की, चीज की नीति नहीं होती। पदार्थ का धर्म उसका स्वभाव है, इससे अलग उसका कोई और धर्म हो ही नहीं सकता। हिन्द स्वराज और उसके गांधी इस सोच से व्यग्र हैं, व्याकुल हैं। इसी कारण इसे अधर्म करार देते हैं; इसी कारण यह शैतानी राज्य और कलियुग कहलाता है।

गांधीजी तीन रूपक देते है : सुधार की आग, शैतानी राज्य और कलियुग। साफ है कि सुधार की आग का रूपक उन्हें ख्रिस्त दर्शन से प्राप्त होता है, शैतानी राज्य इस्लाम दर्शन से और कलियुग सांख्य दर्शन से। ये तीनों अधर्म के, पडती और विनाश के प्रतीक हैं। तदुपरान्त गांधीजी एडवर्ड कार्पेंटर के ग्रंथ 'सुधार उसके कारण और उसकी दवा' (सिविलाइजेशन : इट्स कॉज एंड क्यूर) के चलते सुधार को रोग करार देते हैं। रोग भी विकृति का, सड़न का, अस्वस्थता का सूचक है। रोग न तो शरीर की और न तो समाज की स्वाभाविक या मननीय अवस्था हो सकती है। उसके दो ही परिणाम हो सकते हैं : या तो व्यक्ति रोगमुक्त होकर स्वस्थता पुनः प्राप्त करे या फिर रोग के चलते जीवन और सत्व– दोनों का ह्रास हो।

जो अवस्था अस्वाभाविक हो, अकुदरती हो, वह व्यक्ति या समाज की चिरकालीन अवस्था नहीं हो सकती। ईश्वर का राज्य, धर्म शासन या सतयुग पुनः प्रस्थापित अवश्य होगा। यही तीनों रूपक का तकाजा हैं। इसलिए गांधीजी आधुनिक सुधार के बारे में दो घोषणा करते हैं : "यह सुधार नाशकारक और नाशवान है।"[32]

सुधार नाशकारक होने की बात स्वयं स्पष्ट है। जो अनीति और अधर्म की राह दिखाए तो नाश निश्चित है, स्व का, धर्म का, समाज का। पर सुधार नाशवान क्यों?

हमें गौर करना चाहिए कि गांधीजी आधुनिक सभ्यता को भी समाज की अन्तिम अवस्था नहीं मानते। यह उन्हें विश्वास है, आस्था है कि आधुनिक सुधार भी तीन दिन और चार रात्रि का खेल है। नाशवान होने का अर्थ यह भी है कि आधुनिक सुधार की अवधारणा, उसके मूल

ढाँचे में जो तत्त्व है, जिन तत्त्वों के संगठन से वह बना है, उसी के कारण उसका स्वयं नाश होगा। यानी अपने नाश के बीज यह सुधार अपने में दबाए हुए है। जब अवस्था परिपक्व होगी तब नाश की प्रक्रिया का आरम्भ होगा।

गांधीजी बहुत कम चिन्तकों में से एक हैं जो आधुनिक सभ्यता को नाशवान मानते हैं। हमें याद रखना चाहिए कि 1909 में आधुनिक सभ्यता के उत्पादन और उपभोग पर प्रश्न उठे नहीं थे। पृथ्वी व अन्य जीवों के अस्तित्व को लेकर हम चिन्तित नहीं थे। पर्यावरण, वैश्विक बाजार एवं संस्कृति एवं उपभोक्तावाद को लेकर नई सोच तो बीसवीं सदी के आखरी दो दशक की देन है। बीसवीं सदी के पहले दशक में आधुनिक सभ्यता की चिरंजीव स्थिति के खिलाफ चेतावनी देने वाले अकेले भारतीय चिन्तक गांधीजी ही थे।

गांधीजी इसी कारण आधुनिक सुधार से अपने आपको या अपने समाज को बँधे हुए महसूस नहीं करते। वह तो अंग्रेजी प्रजा को लेकर भी आशावान हैं। ‘‘मेरा मानना है वह इस जाल में से निकलेंगे।’’[33]

हिन्दुस्तान क्यों गया?

यदि आधुनिक सुधार कुधार है, रोग है तो इससे ग्रस्त अंग्रेज हिन्दुस्तान को कैसे ले पाए और अपना काबू बरकरार रख पाए?

यह सवाल पेचीदा है। जब से अंग्रेजों ने, कम्पनी बहादुर ने-हिन्द पर अपना वर्चस्व और राज्य कायम किया, तब से लेकर आज तक यह सवाल बार-बार उठता रहा है। हर पीढ़ी अपनी समझ अनुसार उससे जूझती है और चाहे कितना भी अपूर्ण ही सही, उत्तर देकर अपने आप को आश्वस्त करती है।

कई तरह के उत्तर निकले। हिन्द की आन्तरिक अव्यवस्था और कमजोरी, अंग्रेज और अन्य यूरोपीय ताकतों की सैन्य-खासकर नौ सेना-की ताकत और पैनापन, यूरोप की तकनीकी जानकारी और उसका अधिपत्य, हिन्दुस्तान की संस्कृति में हुई विकृति और हिन्दू समाज का ह्रास; जैसे विविध उत्तर मिलते रहे हैं। 19वीं शताब्दी में तो माना जाता रहा कि अंग्रेजों ने अपनी ताकत के जोर पर हिन्द पर कब्जा किया और उसे रखे हुए है।

गांधीजी का उत्तर साफ है, सरल भी, और प्रायः व्याकुल करने वाला। "हिन्दुस्तान अंग्रेज ने ले लिया, ऐसा नहीं, बल्कि उसे हमने दे दिया। हिन्दुस्तान में वह अपने बल से नहीं टिके बल्कि हमने उनको रखा हुआ है।"[34]

ऐसी सहज भाषा में चोट हमें गांधीजी के अलावा कौन लगा सकता है? अंग्रेज आए थे अपने स्वार्थ की खातिर, व्यापार हेतु। हमने उनकी मदद की और हम्हीं ने उन्हें कम्पनी बहादुर बनाया। "कम्पनी वालों की

मदद किसने की? उनकी चाँदी देख मोह में कौन फँसा? उनका माल कौन बेचते थे? इतिहास गवाह है कि यह सब हम लोगों ने ही किया। जल्दी पैसा बटोरने की खातिर हमने उनका अभिनन्दन किया। हमने उनकी मदद की।''[35]

मुट्‌ठीभर अंग्रेज इतने विशाल प्रदेश पर अपना वर्चस्व कैसे बना पाए और कैसे रख पाए इसका साफ उत्तर है, हम्हीं ने उन्हें रखा। उपनिवेशवाद और संस्थानवाद की राजकीय और सांस्कृतिक संघट्ट की जो प्रक्रिया है इसका सरल एवं सचोट ब्योरा है यह। प्रजा पर परराज्य का होना उस प्रजा की इच्छा विरुद्ध सम्भव नहीं। राज्य करने के लिए प्रजा की सम्मति आवश्यक है। प्रजा की परराज्य के साथ साझेदारी भी आवश्यक है। यदि हम उनकी दी गई व्यवस्था से बिलकुल परहेज करें, उससे पूर्णतया असहकार करें तो वो राज्य किस पर करते? प्रजा की हिस्सेदारी कितनी भी मूक, अव्यक्त, असमंजस भरी, सम्मति के न रहते, परराज्य बनना और उसका कायम होना लगभग असम्भव है। सवाल सिर्फ रजामन्दी का नहीं है, भागीदारी का भी है। अंग्रेज को अपने राज, समाज, साहित्य, संस्कृति में स्थान देना है। मानो अंग्रेज हमारे मन-हृदय में घुल-मिल गए। इसी कारण आशीष नन्दी ने इस प्रक्रिया को 'अंतरंग अरि' नाम दिया और फ्रांझ फेनों ने 'काली चमड़ी, गोरा नकाब' (ब्लैक स्कीन, व्हाइट मास्क) कहा।

इसी कारण गांधीजी अंग्रेजी सम्पर्क को, उनकी चाँदी की चमक को, हमारी लालसा को व्यसन का रूपक देते हैं। हमें अंग्रेजीपन का व्यसन लगा हो तो उसमें अंग्रेज क्या करें? यदि वे चले भी जाते तो हम अंग्रेजियत बरकरार रख हिन्दुस्तान को इंग्लिस्तान बनाकर छोड़ेंगे। यही कहा था उन्होंने प्रथम प्रकरण में। वह पूछते हैं : ''यदि मुझे भांग पीने की आदत हो, और भांग बेचने वाला मुझे भांग बेचे तो कसूर भांग बेचने वाले का है, या मेरा स्वयं का? कसूर बेचने वाले का निकालने से क्या मेरा व्यसन छूट जाएगा? एक बेचनेवाले को भगा देंगे तो दूसरा मुझे भांग नहीं बेचेगा?''[36]

गांधीजी कहते हैं कि हम अपने व्यसन के लिए दोष अंग्रेजों को दे रहें हैं। पर इस विचार के चलते अयन्त पेचीदा सवाल आता है कि यदि

हिन्दुस्तान पर कम्पनी का कब्जा जमाने के लिए हमने सब कुछ किया, हमने अंग्रेज को हिन्द सौंप दिया तो हिन्दुस्तान को अंग्रेज कैसे रख पाए? ''जैसे हमने उनको सौंपा ठीक उसी प्रकार हिन्दुस्तान हम उनके पास रहने दे रहे हैं। उनमें से कुछ लोग कहते हैं कि हिन्दुस्तान तलवार से लिया, और तलवार से ही रखे हैं। ये दोनों बातें गलत है। हिन्दुस्तान को रखने में तलवार कुछ भी काम आए, ऐसा नही; हम ही उन्हें रहने दे रहे हैं।''[37]

यदि अंग्रेज हमारे कारण सत्ता हासिल कर पाए और हम ही उन्हें रहने दे रहें हों तो ''इसके लिए उनको दोष देना उनकी सत्ता को कबूल करने समान है।''[38]

यह सच है कि अंग्रेज पूरी दुनिया को अपने माल की मंडी बनाना चाहते थे और इसमें कोई कसर भी नहीं छोड़ते थे। पर गांधीजी हिन्द के रोग का कारण हिन्द में ही देखते हैं। वह कहते हैं : ''चिकित्सक वही है जो रोग की जड़ तक पहुँच सके। यदि आप रोगी हिन्द का चिकित्सक बनना चाहते हैं तो आपको रोग की जड़ खोजनी ही होगी।''[39]

अगले पाँच प्रकरणों में गांधीजी रोगी हिन्द के चिकित्सक बन रोग की जड़ खोजने का यत्न करते हैं।

एक सवाल आता है : यदि अंग्रेज को हमने राज दिया और हम ही उन्हें रख रहे हैं तो अंग्रेजों से स्वराज प्राप्त करने का अर्थ क्या?

गांधीजी की स्वराज भावना इसी प्रश्न को लेकर आगे बढ़ती है। उत्तर तो स्वयंसिद्ध है : हमें अंग्रेजों से नहीं अपने आप से मुक्ति पानी है। अंग्रेज को बाहर निकाल करने का मतलब केवल अंग्रेजी शासक को बाहर करना नहीं है। उससे कहीं ज्यादा अनिवार्य और कठिन तो हमारे मन हृदय में मिल-जुलकर एक हो गई अंग्रेजीयत को दूर करना है, उससे छुटकारा पाना है। इस कारण हमारी लड़ाई जितनी अंग्रेजों के खिलाफ है उससे कहीं ज्यादा अपने आप से होनी चाहिए। इसी कारण गांधीजी ने पहली ही जो सोच रखी वह यह थी कि हमारी स्वराज की व्याख्या ही गलत है। हम पहले परराज्य से मुक्त होकर स्वराज नहीं भुगत सकते, हमें मुक्ति अपने आप से लेनी है। इस कारण गांधी का

स्वराज राजकीय स्वातन्त्र्य से बहुत अलग और जटिल प्रक्रिया है। यदि हमारा लक्ष्य ही गलत हो तो उसे पाने की राह और साधन भी गलत होंगे। इस कारण गांधीजी और हिन्द स्वराज का हेतु स्वराज की समझ स्पष्ट करना और उसके रहते नए साधन की खोज करना है।

हिन्दुस्तान की दशा

यदि हिन्दुस्तान अंग्रेजी सत्ता कायम रखने में साझेदारी कर रहा है तो अंग्रेज को बाहर निकाल करने से हिन्द स्वराज प्राप्त नहीं कर सकता। गांधीजी की दलील है कि खुद अंग्रेज भी अपने सुधार जो कुधार है, के तले कुचले जा रहे हैं। तो हिन्द की अवदशा का कारण भी वही कुधार होगा। "मेरा खास अभिप्राय है कि हिन्दुस्तान अंग्रेजों द्वारा नहीं बल्कि आज के सुधार तले कुचला गया है; उसकी चपेट में फँस गया है। इससे बचने का अभी उपाय है लेकिन दिन-प्रतिदिन वक्त निकलता जा रहा है।"[40]

गांधीजी की अनन्य स्वराज शोध का मूल इसी विचार में है। हिन्द अंग्रेज शासक के नहीं लेकिन अंग्रेज के आज के सुधार के गुलाम हैं। खूबी यह है कि अंग्रेज भी अपने सुधार तले कुचले जा रहे हैं। यह दोहरी गुलामी है। अंग्रेज प्रजा और हिन्द प्रजा-दोनों आज के सुधार की गिरफ्त में है। पर हिन्द को यह भ्रमणा है कि वह अंग्रेजी शासन की धूँसरी गले में लगाए, बोझ उठाए जी रहा है।

केवल अंग्रेज को बाहर करने से हिन्द की अवदशा का अन्त आएगा यह सोच बेबुनियाद है। हिन्द को अपने आपको आज कल के यूरोपी सुधार से मुक्ति पानी है।

गांधीजी के मुक्तिबोध में एक अनन्य सोच है। केवल सोच ही नहीं उत्तरदायित्व का भाव है, आशा है। यह आशा और फर्ज सहज और इसी कारण दुष्कर भी है। गांधीजी की चाह है कि हिन्द स्वराज पाए तो इस तरह से पाए कि उससे हिन्द के साथ अंग्रेजी प्रजा का भी छुटकारा हो

और अंग्रेजी प्रजा को दो प्रकार की मुक्ति मिले। एक तो परप्रजा पर राज्य करने के दुष्कृत्य से छुटकारा मिले, और दूसरा जो आधुनिक सुधार के नीचे वह कुचले जा रहे हैं उससे भी। परप्रजा पर राज्य करना केवल अन्याय नहीं है, वह अनैतिक व अधार्मिक कृत्य भी है। जब हिन्द स्वराज पाए तब अंग्रेज अधर्म और अनैतिक व्यवहार से मुक्ति पाएँगे। और जब हिन्दी प्रजा आधुनिक सुधार से, कलियुग से, शैतानी राज्य से मुक्ति हासिल कर लेगी तब वह अन्य प्रजाओं के लिए, और खासकर अंग्रेजी प्रजा के लिए एक ऐसी सम्भावना जाग्रत् करेगी, जो यूरोप के लिए सिकुड़ के रह गई है।

ऐसा मुक्तिबोध, ऐसी चाह गांधी के हिन्द स्वराज के अलावा जगत के मुक्ति तन्त्र में कहीं और नहीं मिलती। सिर्फ गांधीजी यह कह सकते हैं कि पीड़ितों का, गुलामों का यह उत्तरदायित्व है कि वे न केवल अपने आप को पर अपने शोषणकर्ता को, शासक को भी मुक्ति दिलाएँ। यह पीड़ितों का नैतिक फर्ज है और विशेषाधिकार भी क्योंकि उनके अलावा यह धर्मकार्य करने की सम्भावना किसी और के पास नहीं हो सकती।

हिन्द यदि आज कल के सुधार तले कुचला जा रहा है तो उसका सीधा असर धर्म पर रहेगा। "धर्म मुझे प्रिय है, इसलिए प्रथम दुख तो यह है कि हिन्दुस्तान धर्मभ्रष्ट होता जा रहा है। इस सन्दर्भ में धर्म का अर्थ हिन्दु, मुस्लिम या पारसी धर्म से नहीं, बल्कि इन सभी धर्मों में जो धर्म रहता है, वह छूटता जा रहा है। ईश्वर से हम विमुख होते जा रहे हैं।"[41] जिस सुधार में धर्म के लिए कोई स्थान न हो तो लोग धर्मभ्रष्ट होंगे ही। इस सुधार की सही पहचान ही बाहरी शोध और शरीर सुख में सार्थक्य एवं पुरुषार्थ है। ऐसे सुधार में धर्म और नीति की सम्भावना नहीं होती। इसी कारण गांधीजी हिन्द की अवदशा का मूल कारण धर्मभ्रष्ट होना बताते हैं। धर्म गांधीजी के लिए सम्प्रदाय के अर्थ में कतई नहीं है। धर्म वह है जो नीति की राह दिखाए। इसी कारण वह सब धर्मों में जो धर्म होता है उसकी तरफ इंगित कर रहे हैं।

धर्म विमुख होना, ईश्वर से अलग होने का तात्पर्य क्या है? "सब धर्म सिखाते हैं कि हमें दुनियावी वस्तुओं के प्रति मन्द और धार्मिक वस्तुओं के प्रति तत्पर रहना चाहिए; हमें दुनियावी लोभ की सीमा

बाँधनी होगी और धार्मिक उत्साह को मुक्त छोड़ना होगा।''[42] इस प्रकार धर्म शिक्षण और आज कल के सुधार के बीच सीधा टकराव है। सुधार तो शारीरिक सुख और बाहरी शोध में अर्थ और पुरुषार्थ की राह दिखाता है। शारीरिक सुख में वृद्धि करनी हो तो दुनियावी वस्तुओं के प्रति उत्साह रखना अनिवार्य हो जाता है। और इस उत्साह की, लोभ की कोई सीमा सभंव ही नहीं। धर्म की राह अलग है। उसका पुरुषार्थ और सार्थकता व्यक्ति अपने आप को पहचाने, अपने खुदा को पहचाने–यही है। इस कारण प्रथम विरोध बुनियादी विरोध है। यदि हमारी चाह दुनियावी वस्तुओं के लिए है तो हमारा यत्न भी यही होगा। गांधीजी हिन्द पर लगी तोहमत की याद दिलाते हैं; ''हिन्दुस्तान पर तोहमत है, हम आलसी हैं और गोरे मेहनती और उत्साही हैं। हमने इसे मान लिया है। हम इसी कारण अपनी स्थिति बदलना चाहते हैं।''[43]

19वीं शताब्दी की सुधार की हिलचाल में यह बात हावी रही थी। यदि हम हुनर बढ़ाना चाहते हैं तो हमें हमारी सोच बदलनी होगी। हमारे प्रयास आन्तरिक नहीं किन्तु बाह्य सुख के लिए होने चाााहिए। यह बार-बार दोहराया जाता था। प्रगति और वृद्धि के अर्थ में सुधार की दिशा यही हो सकती है। पर यदि हम इस तर्क को आत्मसात् कर हमारा चलन बदलें तो हम आधुनिक सुधार की प्रथम आवश्कता को कबूल करते हैं, और फिर इस सुधार की चंगुल से छूटना सम्भव नहीं होगा।

इस सुधार की खूबी यह है कि अच्छे-बुरे का विवेक नष्ट हो जाता है। बुरे को अच्छा मान लोग उसकी आग में भस्म हो जाते हैं। वे न तो दीन के रहते हैं; न ही दुनिया के। सुधार, चूहे की तरह फूँक-फूँककर काटता है।

गांधीजी धर्म के पाखंड से आंख नहीं चुराते। वह कहते हैं, ''पाखंड तो सभी धर्मों में रहा है। जहाँ सूर्य हो वहाँ अँधेरा भी रहता है। परछाई हर वस्तु का गुण है।''[44] हमें गौर फरमाना चाहिए कि यहाँ गांधीजी सम्प्रदाय के रूप में धर्म की बात कर रहे हैं। क्योंकि धर्म जो सब धर्मों की बुनियाद है, उसका सार तत्त्व है, उसे लेकर पांखड की, भले मानुस को गुमराह करने की कोई गुंजाइश ही नहीं है। पाखंड सत्य को लेकर नहीं हो सकता। यह सत्य के स्वरूप से विपरीत होगा। इसी कारण धर्म

के नाम पर चल रहे पाखंड के विरुद्ध लड़ाई धर्म विमुख होकर किन्तु सच्चे अर्थ में धर्म को सम्पादित कर लड़ी जाती है। ''उनसे नहीं तो लड़ना ही है परन्तु वह लड़ाई धर्म को भुलाकर नहीं लड़ी जा सकती। बल्कि धर्म को सच्चे अर्थ में सम्पादित कर ही लड़ी जा सकती है।''[45]

फिर भी धर्म के नाम पर, उसके बहाने जो महायुद्ध हुए, हिन्दू-मुस्लिम के बीच की जो हाड़वैर पैदा हुआ उससे गांधीजी को इनकार नहीं है। पर धर्मजन्य ईश्वर विमुख होकर स्वराज प्राप्ति उन्हें न तो सम्भव लगती है और न ही मंजूर है।

रेल पुराण

सुधार जो कुधार है वह धर्मभ्रष्ट करता है और ईश्वर विमुख करनेवाला है, इस दलील के बाद गांधीजी आधुनिक सभ्यता के तीन प्रतिनिधि प्रतीकों का विवरण देते है–रेल, डॉक्टर, और वकील। ये तीनों औद्योगिक क्रान्ति के और विज्ञान-तकनीक के बढ़ते हुए प्रभाव के द्योतक हैं।

रेल तो औद्योगिक क्रान्ति का सबसे सबल, प्रभावशाली और चित्ताकर्षक प्रतीक है। रेल ऐसा प्रतीक है जो एक-मेक से संलग्न विभिन्न प्रक्रियाओं को अपने दायरे में लाता है। विज्ञान की शोध का सामाजिक उपयोग, बढ़ते बाजार, उत्पादन, और उपभोग के स्थान बीच दिन-प्रतिदिन बढ़ती दूरी, कच्चे माल एवं मजदूर की अनिवार्य आवन-जावन, शहर और ग्राम्य विस्तार के बीच का अन्तर और सम्पर्क बनाए रखने की आवश्यकता और तेज़ी–यह सब रेल के रूपक से इंगित किया जाता है। रेल की तेजी के न रहते औद्योगिक उत्पादन और आधुनिक समाज की कल्पना दुष्कर है। नए आधुनिक राज्य, समाज और उत्पादन प्रजा को बुनियाद में कारण वकील और अदालत है। आधुनिकता का एक प्रमुख लक्षण करारबद्ध सामाजिकता और राजकीय व्यवस्था है। राज्य और नागरिक के सम्बन्ध की आधुनिक समझ सामाजिक एवं राजकीय करार द्वारा तय की जाने लगी। जब तक वह करार बरकरार है तब तक राज्य और नागरिक भी है। करार टूटने पर राज्य का शासन करने का नैतिक, राजकीय एवं वैधानिक अधिकार भी समाप्त हो जाता है। विधि में भी परिवर्तन आता है। व्यक्ति नई विधि के केन्द्र में है। हक

और फर्ज की व्याख्या व्यक्ति आधारित है। विधि, संविधान और करार से गठित समाज और राज्य में वकील और अदालतों की भूमिका बुनियादी बनती है।

डॉक्टर और आधुनिक चिकित्सा शास्त्र मानुस की अपने शरीर के साथ नए व्यवहार का द्योतक है। आधुनिकता की शुरुआत ही मानुस की स्व-व्याख्या में दो बुनियादी परिवर्तन से होती है। एक का कारण खगोल शास्त्र में था। जैसे-जैसे ब्रह्मांड की हमारी समझ जटिल हुई, पृथ्वी और सूर्य के स्थान पर जो आमूल परिवर्तन आया उसके कारण मानुस का स्व-बोध भी बुनियादी तरह से बदला। साथ में आधुनिक वैदकशास्त्र ने अपने प्रयोग द्वारा मानुस के शरीर की समझ गहरी की, परिणामस्वरूप मानुस का अपने शरीर के प्रति भाव बदला।

पाश्चात्य विज्ञान, विधि प्रणाली और आधुनिक वैदक, संस्थानवाद की मोहिनी के प्रमुख कारणों में से है। अंधश्रद्धा, बर्बरता से सभ्यता और प्रगति के लिए आधुनिक विज्ञान, पाश्चात्य विधि और संविधान एवं नया वैदक अनिवार्य कदम माने जाते हैं। उदाहरण लें : सन् 1836 में कलकत्ता मेडिकल कॉलेज में पंडित मधुसूदन गुप्त और उनके चार शिष्यों ने प्रथम बार मृत मानव शरीर पर प्रयोग किया। पाँच ब्राह्मणों के इस कृत्य को पाश्चात्य संस्कृति और विज्ञान दृष्टि की विजय मानकर उसका उत्सव किया गया। इस एक कृत्य द्वारा रूढ़िपरायण हिन्दू समाज ने अन्धश्रद्धा को पीछे छोड़कर पाश्चात्य ज्ञान, विज्ञान और वैदक को अपनाया। इस 'ऐतिहासिक' कृत्य की अंग्रेजी शासकों ने अत्यन्त सराहना की। पंडित मधुसूदन गुप्त और उनके चार शिष्यों को कलकत्ता के फोर्ट विलियम में पचास तोपों की सलामी भी पेश की गई।

आधुनिक सभ्यता के इन तीन प्रतीकों के साथ गांधीजी हिन्दू-मुसलमान के आपसी सम्बन्ध को चर्चा में लाते हैं। आधुनिकता का सबसे बड़ा द्योतक आधुनिक राष्ट्र-राज्य है। राष्ट्र-राज्य की कल्पना एवं रचना के लिए एक प्रजा का होना अनिवार्य माना गया है। एक प्रजा होने की अवधारणा का अर्थ एक भाषा, एक धर्म, एक संस्कृति और एक इतिहास है। बहुविध धर्म, अनेक भाषा-बोली, आस्था की अनेक प्रथा, विवादास्पद ऐतिहासिक स्मृति के रहते हुए एक प्रजा का गठन

होना और राष्ट्र-राज्य का निर्माण अत्यन्त दुष्कर-मानो असम्भव माना जाता था। अत्यन्त विविधता सभर प्रजा का एक प्रजा में गठन कैसे हो, यह हिन्द की अगुवाई करनेवालों के लिए चुनौती थी। एक प्रजा की अलग विभावना, अलग स्व-बोध सम्भव है-बात स्थायी करने के लिए हिन्द की दशा का विवरण देते वक्त गांधीजी ने हिन्दु-मुसलमान की सह-उपस्थिति का मुद्दा ध्यान में लिया। 'रेल पुराण' में गांधीजी तीन प्रकार की दलील पेश करते हैं। एक, रेल के कारण अंग्रेजों का हिन्दुस्तान पर नियन्त्रण मजबूत हुआ है। दो, रेल से अनिष्ट एवं दुष्टता बढ़ती है। तीन, रेल ने हमारे बीच एक प्रजा का भाव दृढ़ किया, यह दलील लक्ष्य रहित है।

पहली दलील तो निर्विवाद है। हिन्दुस्तान जैसे विशाल उपखंड पर साम्राज्य स्थापित करने के लिए रेल आवश्यक था। 1857 के बंड की सबसे बड़ी सीख अंग्रेजों के लिए यही थी। पर गांधीजी केवल लाव-लश्कर एवं कच्चे माल के लिए रेल की जरूरत पर जोर नहीं दे रहे। अंग्रेज संस्थानवाद का दावा भारत को आधुनिकता की ओर स्वस्थ कदम भरने में मदद का भी था। रेल इस प्रक्रिया का अहम् हिस्सा थी। इस कारण जिस नियंत्रण की बात वह कर रहे हैं वह राजकीय एवं मनोवैज्ञानिक था।

सबसे विवादास्पद विधान है : "रेल से दुष्टता बढ़ती है।"[46] 'दुष्टता' से गांधीजी का क्या तात्पर्य हो सकता है? गांधीजी व्यक्तिगत 'दुष्टता' का ज़िक्र नहीं कर रहे हैं। तदुपरान्त गांधीजी की एक दार्शनिक समस्या भी है। रेल पहला ऐसा जनसाधारण को उपलब्ध साधन था जो मानुस को अपने शरीर की कुदरती सीमा का उल्लंघन करने में सहायता करे। कुदरती सीमा का उल्लंघन ही मानुस को अधिपति होने की भ्रमणा देता है। कुदरती सीमा को नजरअंदाज करना आधुनिकता का प्रमुख लक्षण और व्यवहार है। इसलिए गांधीजी रेल को ऐसा साधन मानते हैं, जिसने मनुष्य को अपने ख़ुदा को भुलाने में मदद की। "ख़ुदा ने मनुष्य की सीमा शरीर के पाट में बाँधी और मनुष्य ने उस पाट की सीमा लाँघने के उपाय खोज निकाले। मनुष्य को अक्ल इसलिए बख्शी कि उससे वह खुदा को पहचाने, पर मनुष्य ने अक्ल का उपयोग किया खुदा को

भुलाने के लिए। रेल का उपयोग कर मनुष्य खुदा को भूल चुका है।''[47]

मनुष्य जब सीमा उल्लंघन करता है, कुदरत की या शरीर के पाट की मर्यादा का, उसे भान नहीं रहता, तब वह अपने आप को भूल जाता है। जिसे स्वबोध न हो उसके लिए लिए ख़ुदा को समझना या पाना दुष्कर होता है। गांधीजी के लिए आत्मज्ञान की सीढ़ी की पहली पग थी–मर्यादा भान।

दलील थी कि रेल का प्रमुख लाभ अन्य सभी नुकसानों को भुला देता है। ''रेल है तो एक प्रजा होने का जोश आज हिन्दुस्तान में दिखाई देता है।''[48] अंग्रेजों नें हमें सिखाया कि हम एक प्रजा कभी नहीं थे, और प्रजा का गठन होने में सैकड़ों बरस लगेंगे। गांधीजी का दृढ़ मन्तव्य है कि ''यह बात एकदम बेबुनियाद है। जब अंग्रेज हिन्दुस्तान में नहीं थे, हम एक प्रजा थे, हमारे विचार एक थे, हमारा रहन एक था और इसी कारण वे एक राज्य बना पाए।''[49]

गांधीजी एक प्रजा होने का अलग सांस्कृतिक अर्थ देते हैं। एक प्रजा होने का मतलब कभी भेद का सम्पूर्ण अभाव नहीं हो सकता। भेद रहित, विविधता रहित प्रजा और राष्ट्र की कल्पना भयप्रद है क्योंकि यत्न हरेक भेद को मिटाने का होता है। भेद को मिटाने का मतलब अलग सोच वाले, अलग संस्कृति वाले व्यक्ति या झूठ का सफाया। गांधीजी एक प्रजा की ऐसी हिंसक, संकुचित और कृत्रिम व्याख्या से परहेज करते हैं।

गांधीजी सेतुबन्ध रामेश्वर, जगन्नाथ और हरिद्वार का उदाहरण देकर एक मुल्क होने के सांस्कृतिक आयाम की पुष्टि देते हैं। एक मुल्क का होना भौगोलिक और राजकीय घटना नहीं है, यह एक सांस्कृतिक घटना है। इस कारण वह दावा करते हैं कि ''उन्होंने विभिन्न पवित्र स्थल निश्चित कर हमें एकता का ऐसा भाव दिया जैसा दुनिया में और कहीं नहीं है। कोई दो अंग्रेज उस तरह नहीं जैसे हम हिन्दी थे और हैं।''[50]

इसके बावजूद सवाल उठता है कि मुसलमान, पारसी और ईसाई धर्मियों के रहते हुए हम एक प्रजा रहे कि नहीं? हम यदि एक प्रजा हैं तो कैसे और इस भावना को कैसे बनाए रखें?

हिन्दू-मुसलमान

'मियाँ-महादेव की नहीं बनती' यह कहावत केवल हिन्दू-मुसलमान के आपसी रिश्ते की ही नहीं किन्तु दोनों के बीच के विरोधाभास, घोर वैर और उसके रहते हुए एक प्रजा के गठन की असम्भावना को दर्शाती है। मुसलमान और इसी तर्क के अनुसार ईसाई और पारसियों के रहते हुए हिन्द में एक प्रजा रही या गई? गांधीजी कई भिन्न रास्तों से इस प्रश्न पर विचार करते हैं। वह कहते हैं, "हिन्दुस्तान में सभी धर्म के मानुस रह सकते हैं। इससे एक प्रजा मिटती नहीं, नए लोगों का प्रवेश प्रजाभंग नहीं कर सकता, वे प्रजा में घुल जाते हैं। ऐसा हो, तभी किसी मुल्क की प्रजा को एक माना जाता है। ऐसे मुल्क में भिन्न समूहों के बीच समास का गुण होना चाहिए। ऐसा हिन्दुस्तान में रहा, और है।"[51]

समास शब्द पर ध्यान दें। समाज में समभाव है। दो अलग शब्द एक साथ आकर नए अर्थ सभर शब्द रचना करते हैं। लेकिन इस प्रक्रिया में दोनों शब्द की पहचान भी बनी रहती है। समास में सहिष्णुता की भावना नहीं है, केवल समभाव है, कोई ऊंच नहीं, कोई नीच नहीं, और दोनों के न रहते हुए समास सम्भव नहीं।

गांधीजी धर्मों के समास की हिमायत करते हैं, पर साथ में यह भी चेतावनी देते हैं कि केवल धर्म एक प्रजा का आधार नहीं हो सकता। यदि धर्म एक मात्र आधार होता तो समास की, एक-दूसरे में घुल जाने की चाह असम्भव होती। वह दूसरा विधान भी कर रहे हैं, जिस समाज में, जिस प्रजा में समास का गुण न हो उसे एक मुल्क, एक प्रजा नहीं कह सकते, भिन्नता का नतीजा हमेशा विरोध और टकराव नहीं हो

सकता। भिन्नता समास, संवाद और नई अस्मिता का आधार भी हो सकती है।

गांधीजी की धर्मभावना भी निराली है। कहते हैं : "सच तो यह है, जितने मानुस उतने धर्म, ऐसा कह सकते है।"[52] गांधीजी के लिए धर्म नियमबद्ध संघ के अर्थ में नहीं है।

गांधीजी इष्टधर्म–जो हर मानुस का निराला धर्म है–और सम्प्रदाय के अर्थ में धर्म के बीच अन्तर कायम रखना चाहते हैं। इसी कारण सम्प्रदाय और सामाजिकता की बहस में भी वह इष्टधर्म की जगह को कायम करने का यत्न करते हैं। धर्म का एक अर्थ मानुस की अपनी अन्तरात्मा की पुकार सुनने की तमन्ना और क्षमता है। जब मानुस इस अन्तरात्मा की आवाज सुनकर, उसी आधार पर अपना आचरण करता है तब वह स्वधर्म का पालन करता है। धर्म के इस अर्थ में मानुस का कुदरत या ईश्वर के साथ निजी रिश्ता है। तीसरे अर्थ में धर्म, संघ और सामूहिकता का जामा पहनता है। गांधीजी के लिए धर्म के प्रथम दो अर्थ बुनियादी हैं।

यदि धर्म का अर्थ गांधीजी की तरह 'सभी धर्मों में जो धर्म रहता है' किया जाए तो 'विधर्मी' होने की सम्भावना प्राय: समाप्त हो जाती है। उनके विचार में व्यक्ति या समाज, धर्मनिष्ठ या धर्मविमुख हो सकते हैं पर व्यक्ति या प्रजा विधर्मी नहीं। इसी कारण उनके मतानुसार विधर्मी भाव से प्रेरित समाजकारण या राजकारण के लिए कोई जायज स्थान नहीं है। विधर्मी का खयाल यदि क्षीण हो जाए तो कोई धर्म झूठा या हलका नहीं हो सकता। जो धर्म है वह सत्य है और सत्य ही धर्म है। इस कारण जो असत्य है वह धर्मविमुख है। इस कारण 'असत्य धर्म' जैसी विभावना गांधीजी की सोच में कोई स्थान नहीं ले सकती। इस कारण कोई एक या दूसरा धर्म असत्य है, ऐसा कथन असम्भव है।

यदि जो भी धर्म है वह सत्य हो तो हर धर्म के प्रति समभाव और आदर अनिवार्य है। समभाव में ममभाव भी है। इसी कारण मर्यादा लोप का सवाल ही नहीं उठता। जो मर्यादा लोप करते हैं वे एक प्रजा होने के लायक नहीं हैं। "एक–प्रजा होकर रहने वाले मानुस एक दूसरे के धर्म में दखल नहीं देते, और यदि दखल देते हैं तो यह निश्चित मानें कि वे

एक प्रजा होने लायक नहीं।''[53]

उनके लिए एक प्रजा होने का अर्थ एक धर्म होना बिलकुल नहीं है। ''हिन्दू यदि यह माने कि सारा हिन्दुस्तान केवल हिन्दुओं से भरा हो, तो उसे निरा सपना ही समझो। यदि मुसलमान ऐसा माने कि उसमें सिर्फ मुसलमान ही बसें, तो उसे भी कोरा स्वप्न ही समझो। लेकिन जहाँ हिन्दू, मुसलमान, पारसी, ईसाई सभी जिस देश को मुल्क जान कर बसे हैं, वे एक देशी, एक मुल्की हैं : वे मुल्की भाई हैं।''[54]

गांधीजी दोनों कौम के बीच के 'घोर वैर' का सवाल उठाते हैं। इस वैर के मूल में धर्म परिवर्तन का मसला है। वह प्रति-प्रश्न करते हैं, ''धर्म बदलने से क्या दुश्मन बन जाते हैं? दोनों का खुदा क्या अलग है? धर्म तो एक ही मंजिल तक पहुँचने के अलग-अलग रास्ते हैं। हम दोनों ने भिन्न मार्ग लिए, उससे क्या? इसमें दु:ख क्यों?''[55]

इस दलील का तर्क साफ है। उनके लिए धर्म बन्ध व्यवस्था नहीं है। एक धर्म में आस्था रखनेवाला मानुस अपनी आस्था के बल पर अन्य धर्म की मान्यता और बोध को भली-भाँति समझ पाता है। यदि धर्म खुदा के पास, ईश्वर के पास पहुँचने का मार्ग है तो उसकी भाषा, पूजा-अर्चना की सामग्री अलग हो तो उससे क्या? गांधीजी के लिए हर नैतिक मार्ग स्तुत्य है, जो नीतिवान है, वह सुपथ है, सत्य पथ है और सत्यपथ धर्मविमुख या धर्मविरोधी नहीं हो सकता। गांधीजी याद दिलाते हैं कि विरोध और वैमनस्य तो एक धर्म के माने जानेवाले मत या सम्प्रदाय के बीच भी रहता है। मूर्तिभंजक शाखा हिन्दुओं में भी देखने में आती है। शैव-वैष्णवों के बीच दूरी रही है, वेदधर्मी और जैन के बीच बहुत फर्क माना जाता है। आपसी कलह से वह अलग प्रजा नहीं बन जाते।

गांधीजी अन्य धर्मी मानुस के प्रति असहिष्णु वर्तन के लिए अज्ञान को कारण मानते हैं। अज्ञान किस प्रकार का? यह अज्ञान अन्य धर्म की मान्यता या रीति-रस्म को लेकर है, उससे कहीं अधिक स्वयं की आस्था को लेकर है। जिन्हें अपनी आस्था का, अपने धर्म विचार का और स्वधर्म का सही ज्ञान है, वे अन्य की आस्था के विचार बीज को अवश्य समझ पाएँगे, उसके सत्य और उसकी सुन्दरता को भी पहचान

पाएँगे। अज्ञान के रहते हुए चित्त, विरोध और फर्क की आकर्षित होता है, सायुज्य की ओर नहीं। इस कारण समभाव और सहिष्णुता के लिए समदर्शी नजर जरूरी है। जो मानुस अपनी आस्था का स्वरूप समझता है उसे अन्य की श्रद्धा गलत या निम्न नहीं लगती। "जैसे-जैसे सच्चा ज्ञान बढ़ेगा वैसे-वैसे हम समझ पाएँगे कि हमारे आस-पास के मानुस यदि हमें न पसन्द आनेवाले धर्म का पालन करते हों, तो उनसे वैर-भाव रखना उचित नहीं, हम उनके साथ जबरदस्ती न करें।"[56]

गांधीजी गोरक्षा के पेचीदा और उत्तेजक सवाल को भी स्पर्श करते हैं। गोरक्षा क्यों? वह साफ कहते हैं कि "मैं गाय को पूजता हूँ, यानी उसका आदर करता हूँ।"[57] यह पूजन और आदर सकारण है। हिन्दुस्तान की खेती का आधार गाय की सन्तान है और कई अन्य प्रकार से गाय उपयोगी प्राणी है।

वह सवाल करते हैं कि हम गाय की उपयोगिता स्वीकार कर उसका आदर करते हैं तो क्या हम इन्सान का सम्मान करना नहीं जानते हैं? "जैसे मैं गाय को पूजता हूँ, वैसे ही मनुष्य को भी पूजता हूँ।" इस कारण गोरक्षा मुसलमान को मार कर नहीं की जा सकती। इस कारण वह 'गोरक्षा प्रचारिणी सभा' को 'गोवध प्रचारिणी सभा' करार देते हैं। ऐसी सभा का होना हमारे पर 'कलंक' है। सवाल कोई एक कौम का स्वभावगत हिंसक या अहिंसक होने का नहीं है। कोई प्रजा स्वभाव से अन्यों की तुलना में ज्यादा हिंसक या अहिंसक नहीं हो सकती। गांधीजी अहिंसक की सुन्दर व्याख्या देते हैं। उनका मानना था कि हर कोई देहधारी, एक या दूसरे प्रकार की हिंसा अवश्य करता है। देहधारी के लिए पूर्ण अहिंसा प्रायः असम्भव है। "मूलतः कोई अहिंसक नहीं, क्योंकि जीव हानि तो हम करते ही हैं। लेकिन उससे छूटना चाहते हैं, इसलिए अहिंसक।"[58]

अहिंसा स्थायी भाव नहीं है। हर मानुस को हर घड़ी अहिंसक बनने का, और बने रहने का भगीरथ प्रयत्न करना पड़ता है। इस कारण किसी व्यक्ति या समुदाय को हर हमेशा के लिए हिंसक या अहिंसक घोषित करना निरा कुतर्क है। इस कारण वह कहते हैं, "सभी अपने धर्म का स्वरूप समझें, उस पर कायम रहें, और शास्त्री-मुल्लाओं को बीच में न

आने दें, तो कलह का मुँह काला।''[59] गांधीजी को शास्त्री-मुल्लाओं की मध्यस्थता मंजूर नहीं। वह दृढ़तापूर्वक मान्ते थे कि हर व्यक्ति को धर्म अर्थघटन करने का अधिकार है। जो गलत राह दिखाए ऐसे धर्म शिक्षकों की राय नजरअन्दाज करना हर धर्मनिष्ठ का कर्तव्य भी है। इस कारण वे धर्म के विषय में स्वबोध को अग्रिमता देते रहें।

गांधीजी की सोच अनुसार एक-प्रजा होकर रहने के लिए आपसी टकराव और तकरार का सदन्तर अभाव जरूरी नहीं है। जो जरूरी है वह यह कि विरोध का समास करने की क्षमता पाएँ और आपसी झगड़े में कोई तीसरे को काजी न बनाएँ। ''मैं यह नहीं कह रहा कि हिन्दू-मुसलमान कभी भी लड़ेंगे ही नही। दो भाई साथ में रहेंगे तो कुछ तकरार तो होगी ही। कभी-कभी सिर भी फूटेंगे।... दो लोग लड़ें, दोनों के या किसी एक का सिर फूटे, उसमें तीसरा क्या न्याय करेगा?''[60]

यह गुलाम मानसिकता का उदाहरण है। हम अपनी गुलामी में मान बैठे कि तीसरा यानी अंग्रेज हमेशा न्याय करेगा। अवधारणा यह है कि तीसरा जो अंग्रेज है वह निष्पक्ष, निःस्वार्थ है और इस कारण न्यायी है। जब दोनों पक्ष को ज्ञान हो कि अंग्रेज का हित अपना स्वार्थ बढ़ाने में है, अपना राज्य स्थायी करने में है तो उससे निःस्वार्थ बर्तन की अपेक्षा कैसी? गांधीजी कहते हैं कि कच्चा घड़ा एक नहीं तो दूसरे कंकड़ से फूटेगा, उपाय घड़े को कंकड़ से दूर रखने में नहीं, पर घड़े को ऐसा पक्का बनाने में है कि कंकड़ का भय ही मिट जाए। वह कहते हैं, ''यदि हम हिन्दू-मुस्लिम कच्चे हृदय के हैं तो उसमें अंग्रेजों का कोई दोष नहीं निकाल सकते।...हमें पक्के दिल का बनना होगा। सच तो यह है कि उन दोनों में एक भी पक्के दिल का हो तो तीसरे की दखल चल ही नहीं सकती।''[61]

गांधीजी साफ मानते हैं कि हिन्दू-मुसलमान को आपसी सवाल में अंग्रेजी अदालत कानून, वकील और न्याय की न तो कोई सम्भावना है और न ही उसकी कोई गुंजाइश। इस मसले में अंग्रेज की कोई भूमिका हो ही नहीं सकती, और यदि हो सकती है तो वह अपने स्वार्थ के खातिर। यह मसला और पेचीदा कर उसे विशाल स्वरूप देने की हो ही सकती है।

वकील

अंग्रेज से न्याय की आशा रखना, उनके कानून एवं न्याय में आस्था होना गांधीजी के लिए गुलामी की अधम दशा है। "मेरा मत यह है कि वकीलों ने हिन्दुस्तान को गुलाम बनाया है, उन्होंने अंग्रेजी सत्ता को मजबूत किया है।"[62] गांधीजी की टीका केवल वकालत के व्यवसाय पर या निजी तौर पर किसी वकील को लेकर नहीं है। उनकी तोहमत अंग्रेजी न्याय व्यवस्था और विधि प्रणाली पर भी है।

आधुनिक औद्योगिक अर्थकारण और उसके साथ संलग्न लोकशाही, राजप्रणाली का बुनियादी अंग कानून है, कानून, रीति-नीति-नियम तो हर सामाजिक व्यवस्था का अंग है। पर मुक्त अर्थ-व्यवस्था एवं लोकशाही राजसत्ता का खास दावा रहा है कि सबके लिए समान कानून ओर भेदभाव रहित समान न्याय उसकी विशिष्ट और अभूतपूर्व देन है। अंग्रेजी विधि वाङ्मय में इस विचार को युग्म द्वारा व्यक्त किया जाता है। इसे 'इक्वालिटी बिफोर लॉ' (कानून समक्ष समानता) और 'डियू प्रोसेस ऑफ लॉ' (कानून की सही रीति) के दोहरे पर एकमेक से जुड़े खयाल से व्यक्त किया जाता है। समानता और सही विधि द्वारा निर्मित रीति के न रहते हुए न्याय असम्भव है, ऐसी दलील है। और यही उसकी मोहिनी। यदि समता और विधि का खयाल न हो तो लोकशाही की बुनियाद टूट जाती है। न्याय और कानून में हमारी आस्था का मुख्य कारण भी यही है।

यह खयाल उपनिवेशों में भी लाया गया। सर्वोपरि सत्ता के साथ समान दीवानी और फौजदारी कानून भी आए। शासक के लिए

अनिवार्य था पूरवार करना कि उनका आधिपत्य न्यायोचित एवं न्यायपुरस्सर है। विधि और न्याय प्रणाली इस औचित्य शोध के अभिन्न अंग बनें।

इनमें एक बुनियादी फर्क था, जिसका जिक्र कम ही होता था। संस्थान और मुक्त, सार्वभौम देश के बीच जो अन्तर था वह अव्यक्त रहता था।

नई कानून व्यवस्था उपनिवेशों में लादे गए थे। इसमें प्रजा की राय उनकी मंजूरी, उनकी सम्मति अनिवार्य नहीं मानी जाती। दलील तो यह थी कि संस्थानों की प्रजा बालिश, अपरिपक्व थी, उनमें सम्मति देने की योग्यता नहीं थी। और जो प्रजा के भले के लिए, उनको सभ्यता की ओर ले जाने के लिए प्रयास किए जा रहे हों उनमें अपरिपक्व प्रजा की सम्मति आवश्यक भी नहीं होती।

यही अन्तर था मुक्त सार्वभौम प्रजा और गुलाम प्रजा में। मुक्त समाज में कानून सर्वोपरि माना जाता है क्योंकि इसमें प्रजा की सम्मति होती है, उनकी राय सुनी जाती है। कानून को न्यायी बनने के लिए यह सम्मति अनिवार्य है। गांधीजी इस बुनियादी अन्तर को स्पष्ट करना चाहते हैं। उनका यह ठोस विचार था कि उपनिवेश और मुक्त प्रजा के कानून में, विधि व्यवस्था में चाहे कितना भी साम्य हो, पर कानून जिस धरातल की निपज है उसमें आसमानी-सुलतानी का अन्तर है जिसे लाँघा नहीं जा सकता। अंग्रेजी कानून को सर्वोपरि मानना और उनके चुकादों को शिरोमान्य करने का अर्थ अंग्रेजी सत्ता को न्यायी करार दे, उसको स्वीकार करना होता है।

इस कारण वह सवाल करते हैं, "आप सोचें, आपको लगता है यदि अंग्रेजी अदालतें न हों तो अंग्रेजों का राज्य चल पाएगा?"[63] अदालतें लोकहित के लिए नहीं बनीं, अपनी सत्ता बरकरार रखने खातिर अदालतों के माध्यम से लोगों को वश में किया जाता है।

अदालतें तो बन गईं, कानून भी लादे गए और न्याय का खेल चला। ऐसे में हिन्दी क्या करे? गांधीजी का साफ मन्तव्य है कि हम अंग्रेजी अदालतों का बहिष्कार करें। यदि हम उनकी अदालतों में जाएँ ही नहीं तो फिर किसका न्याय करेंगे और कैसे राज चलाएँगे? वह कहते

हैं, ''हम वकील न बनें तो अदालतें चल ही नहीं सकतीं। मान लो अंग्रेज ही जज होते, अंग्रेज ही वकील होते और अंग्रेज ही सिपाही तो वह मात्र अंग्रेजों पर ही राज कर पाते। हिन्दी जज और हिन्दी वकील के बगैर उनका काम नहीं चल सकता।''[64]

इस कारण वह वकील को अंग्रेजी राज की कुंजी कहते हैं। वकील और अदालतों से ''अंग्रेजी जुए की जकड़ हमारी गरदन पर कस गई है।''

गांधीजी असहकार का पाठ सिखाते हैं। हालाँकि उन्होंने असहकार शब्द का प्रयोग नहीं किया पर तात्पर्य वही है। वह कहते हैं, ''अंग्रेजी सत्ता की मुख्य कुंजी है उनकी अदालतें, और अदालत की कुंजी है वकील। यदि वकील वकालत छोड़ दें और उस पेशे को वेश्यावृत्ति जैसा नीच मानने लगें तो अंग्रेजी राज्य एक दिन में भंग हो जाए।''[65]

गांधीजी इस बहस में दो शब्द प्रयोग करते हैं–तीसरा व्यक्ति और 'निर्लिप्त' व्यक्ति। सामान्यत: इन दोनों में बहुत बड़ा भेद नहीं माना जाता। जो तीसरा है, वह निर्लिप्त भी होता है, क्योंकि उसका स्वार्थ नहीं है। अंग्रेजी में गांधीजी ने तीसरे व्यक्ति के लिए 'थर्ड पार्टी' और निर्लिप्त के लिए 'आर्डिनरी मेन' शब्द प्रयोग किए हैं। अंग्रेज तो यही कहेंगे कि न्याय तीसरा यानी 'थर्ड पार्टी' दे सकती है न कि निर्लिप्त यानी 'आर्डनरी मेन' लेकिन गांधीजी इन दो प्रयोगों के बीच अन्तर करते हैं। उदाहरण से स्पष्ट होगा–

(अ) 'दो लोग लड़ें, दोनों के या किसी एक का सिर फूटे, उसमें तीसरा क्या न्याय करेगा?'[66]

(ब) 'क्या कोई यह कह सकता है कि जो फैसला तीसरा मानुस निश्चित करे, वह फैसला सही ही होता है।'[67]

(क) 'हिन्दू और मुसलमान लड़ पड़ें कोई निर्लिप्त उनसे कहे कि सब कुछ भुला दो, दोष दोनों का रहा होगा, मिलकर एक साथ रहो।'[68]

स्पष्ट है कि गांधीजी 'तीसरे' और 'निर्लिप्त' में अन्तर करते हैं। यह अन्तर बड़ा है : न्याय और अन्याय के बीच का। अंग्रेज जो तीसरा है वह निर्लिप्त नहीं है। इस कारण वह न्याय कतई नहीं कर सकता। न्याय के लिए निर्लिप्त होना अनिवार्य शर्त है।

गांधीजी वकील के पेशे की इतनी भर्त्सना करते हुए भी अपनी दार्शनिक संवेदना को बिलकुल नहीं त्यजते। अत्यन्त मार्मिक और महत्त्वपूर्ण विधान करते हैं : "वकील भी मनुष्य हैं, और मनुष्य जाति में कुछ अच्छा तो रहता ही है।"[69] यह अत्यन्त सहज और सरल विधान गांधी विचार को व्यक्ति से समष्टि की ओर ले जाता है। यदि मानव जात में कुछ भी अच्छा न हो, और अच्छेपन की सम्भावना मात्र न हो तो धर्म, नीति, सत्य, सुधार, न्याय, समता, अन्य की पीड़ा की अनुभूति, दया, करुणा, अनुकम्पा कैसे सम्भव होते? गांधीजी में निरी दुष्टता 'प्योर इविल' का खयाल नहीं है। वह मानते हैं, उन्हें विश्वास है कि हर कोई मानुस में कुछ अच्छा तो रहता ही है। यह सम्भव है कि अच्छा दब गया हो, कुछ धुँधला-सा हो गया हो पर अच्छा जरूर होता है। उसके साथ दूसरी आस्था जुड़ी है, हर मानुस के अच्छे को, उसके सत्य को जगाया जा सकता है, उसे स्पर्श किया जा सकता है। इस अच्छाई की सम्भावना न होते हुए सत्याग्रह सम्भव नहीं।

गांधीजी की आधुनिक सभ्यता के साथ जो तकरार है वह भी कुछ ऐसी ही है। जो सुधार मानुस को शरीर सुख और बाहरी शोध में अर्थ, और पुरुषार्थ की ओर ले जाए वह कुधार मानुस को अपने में रहे अच्छेपन से दूर ले जाता है। अच्छेपन को पनपने की, पुष्ट होने की दार्शनिक भूमि भी सिमट कर रह जाती है।

डॉक्टर

गांधीजी विषवृक्ष के रूपक से पश्चिमी सुधार का खाका खींचते हैं। उन्होंने वकील, डॉक्टर आदि अनैतिक और निकम्मे धंधों को इस वृक्ष की डाल कहा है। इस पेड़ के मूल को अनीति कहा है जिस पर नीति-धर्म रूपी कुल्हाड़ी तनी है, जो उसका नाश करेगी। "अस्पताल पाप की जड़ है। अतः मनुष्य शरीर का उपचार कम करते हैं और अनीति अधिक।"[70]

एक समय ऐसा था कि खुद गांधीजी को डॉक्टर बन कौम की सेवा करने का मोह था। तो फिर यूरोपी डॉक्टरों की इतनी बड़ी भर्त्सना क्यों? गांधीजी की सोच के अनुसार डॉक्टर का काम मन, हृदय, शरीर को स्वस्थ करना नहीं है। उनका काम अत्यन्त सीमित है। वह कहते हैं कि "डॉक्टरों का काम है, मात्र शरीर सँभालना। सच तो यह है कि शरीर सँभालना भी उनका काम नहीं। उनका काम है, शरीर में यदि रोग हो तो उसे दूर करना।"[71]

क्या अर्थ हो सकता है ऐसे विधान का? डॉक्टर का काम रोग दूर कर शरीर को निरोगी करना ही तो है, उनसे और क्या अपेक्षा है हमारी? इसे समझने के लिए गांधीजी के शरीर, मन और रोग का जो समीकरण है उसे समझना होगा। उनके लिए रोग का कारण निर्बल, विषयभोगी मन है। मन पर काबू पाकर ही इन्द्रियों को वश में किया जा सकता है। जो मानुस, मन-इन्द्रियों को अपने वश में कर सके वह स्वस्थ मन एवं निरोगी शरीर पाता है। व्यक्ति जब शरीर की सीमा को पहचाने तभी उसे स्वास्थ्य प्राप्त होता है। इस कारण जो डॉक्टर केवल रोग के लक्षण दूर

कर थोड़े समय के लिए स्वास्थ्य का आभास मात्र दिलाए, वह रोगी की मदद नहीं पर उसे नुकसान कर रहा है। डॉक्टर मरीज को निरोगी होने का उपाय नहीं बताते, केवल शरीर को आराम दे मन निर्बल बनाते हैं।

''रोग क्यों होते हैं? हमारी अपनी लापरवाही से मान लो मैं बहुत खाता हूँ, और मुझे बदहजमी हो जाती है, मैं डॉक्टर के पास जाता हूँ, वह मुझे गोली देता है। मैं स्वस्थ हो जाता हूँ, फिर से खूब खाता हूँ और गोली लेता हूँ। ऐसा ही हो रहा है। यदि मैं गोली न लेता, बदहजमी की सजा भुगतता तो अगली बार मैं अपनी सीमा से बाहर न खाता। डॉक्टर बीच में आया और उसने मुझे अपनी हद से ऊपर खाने में मदद की। उससे मेरे शरीर को आराम मिला लेकिन मेरा मन निर्बल हुआ। ऐसे चलन से अन्त में स्थिति आएगी की अपने मन पर मेरा जरा भी काबू नहीं रहेगा''[72]

हमारे लिए सवाल यह है कि गांधीजी के लिए मन-इन्द्रियों का अपने वश में लाना, शरीर के पाट की सीमा का उल्लंघन न करना, इतना अनिवार्य क्यों है? किस सोच के रहते हुए वह रेल, डॉक्टर को अनैतिक करार देते हैं। इस प्रश्न पर विचार हम स्वराज बोध के साथ करेंगे। फिर भी यह प्रश्न हमारे जेहन में रहना चाहिए।

मन इन्द्रियों पर काबू न होने से व्यक्ति 'निःसत्व' और 'नामर्द' हो जाते हैं। यूरोपीय डॉक्टर को अनैतिक करार देने का यह कारण तो व्यक्तिगत रहा। गांधीजी आधुनिक चिकित्साशास्त्र की जड़ पर घाव करते हैं। आधुनिक चिकित्साशास्त्र के ज्ञान की नींव में है प्रयोग, जीवित प्राणी एवं मानव मृत देह पर। इस प्रकार के प्रयोग, जो जीव हत्या करते हैं, गांधीजी को अत्यन्त व्यथित करते हैं। यह उन्हें स्वीकार्य नहीं।

''यूरोपीय डॉक्टरों ने तो हद ही कर दी है। शरीर मात्र के खोटे उपचार की खातिर वे हर बरस लाखों जीवों की हत्या करते हैं। जीवित प्राणियों पर प्रयोग करते हैं। यह तो किसी धर्म को कबूल नहीं।''[73]

गांधीजी के मतानुसार, मात्र शरीर के खोटे जतन के लिए की गई जीव हत्या, धर्म के और मानव मर्यादा के तमाम खयाल से विपरीत है। गांधीजी विज्ञान की शोध की सीमा तय करना चाहते हैं। कोई ज्ञान तमाम सीमाओं की मर्यादा का उल्लंघन करे, उन्हें स्वीकार्य नहीं। यह

सीमा मानव की जो मर्यादा है, उसी से बँध जानी चाहिए। मानव की मर्यादा उसे अन्य के प्राण लेने से रोकती है। जो प्राण न दे सके उसे प्राणहरण का अधिकार प्राप्त नहीं हो सकता और शरीर के खोटे जतन के लिए, कभी नहीं।

गांधीजी का प्रतिरोध केवल अहिंसा के सिद्धान्त एवं जीवन दृष्टि के कारण नहीं है। उनका विरोध विज्ञान की बुनियादी अवधारणा के खिलाफ भी है। यह विरोध दार्शनिक भी है।

विज्ञान की पद्धति का अभिन्न अंग है–प्रयोग। गांधीजी खुद प्रयोगवीर थे, फिर उन्हें प्रयोग से परहेज कैसा? पाश्चात्य विज्ञान के प्रयोग और गांधीजी के प्रयोग में बड़ा दार्शनिक अन्तर है। पाश्चात्य विज्ञान की अवधारणा में स्व और परा, तथ्य और मूल्य के बीच बुनियादी भेद हैं। स्व से जो इतर है उसे समझने की पद्धति को विज्ञान कहते हैं। इस पद्धति में, जिसका अभ्यास हो रहा है, जो अभ्यास की विषयवस्तु है, उसके और अभ्यासु के बीच अन्तर अनिवार्य माना जाता है। स्व और परा के बीच की यही दूरी, मूल्य निरपेक्ष ज्ञान जो तथ्य है–की सम्भावना प्रदान करती है। जो ज्ञान मूल्य निरपेक्ष हो वही तथ्य, वही तर्कसंगत क्योंकि इसमें लगन भावना, धर्मबन्धन, विचारधारा की परछाईं को भी स्थान नहीं है। इसी कारण विज्ञान का दावा रहा है कि वह स्थल, काल, दिशा और व्यक्ति सबसे परे हो, सचमुच में वैश्विक है। यही विज्ञान का सत्य है।

गांधीजी इस ज्ञान को पूर्ण सत्य मानने के लिए राजी नहीं हैं। गांधीजी को भी प्रयोग की पद्धति में अखूट विश्वास है। वह अपने जीवन को भी सत्य की शोध में प्रयोग की घटमाल के रूप में देखते हैं। वह खुद भी वैज्ञानिक होने का दावा करते थे, परन्तु विज्ञान की बुनियादी अवधारणा का अनादर कर। गांधीजी की सोच के अनुसार जब अभ्यासु और अभ्यास वस्तु के बीच अन्तर हो, जिस पद्धति में मूल्य नीति की जगह न हो और जो यत्न मानव मर्यादा का उल्लंघन करते हों उनमें हिंसा अनिवार्य है। हिंसा का मूल स्व और परा, इतर और स्व के भेद में, दोनों के बीच अभेद खाई में है। जो क्रिया, प्रक्रिया, सोच स्व और परा के बीच अन्तर पैदा करे वह हिंसा की जनक होती है।

इस कारण गांधीजी के लिए प्रयोग का तात्पर्य आत्मपरीक्षण एवं स्वप्रयोग है। परिणामस्वरूप, जो ज्ञानप्राप्ति होती है वह केवल अहिंसक ही नहीं किन्तु स्व-बोध है। स्व-बोध इसलिए क्योंकि चाह तो खुद को पहचानने की है। खुद को जान अन्तरात्मा की आवाज सुन, खुदा को पहचानने की है। प्रयास मनशुद्धि द्वारा आत्मशुद्धि का है। यह ज्ञान मानुस का अपना है, इस तरह से निजी है कि इसमें स्व-परा का, तथ्य-मूल्य का, भेद सम्भव ही नहीं।

एक और भेद है इन दो पद्धतियों में। वह है-शुद्धि। विज्ञान भी शुद्ध, स्वच्छ, लगभग अस्पृश्य प्रवृति की खोज करता है। लेकिन यह शुद्धता साधन को लेकर है। साधन यानी प्रयोग की पद्धति। प्रयोग पद्धति जितनी हद तक मूल्य निरपेक्ष हो, जितनी हद तक अभ्यासु अपनी मानसिकता को छिपाए दबाए रख सकता है : उतनी उनकी क्रिया शुद्ध मानी जाती है।

गांधीजी के प्रयोग में साधन, साध्य एवं साधक की शुद्धि अति आवश्यक है। साधक की शुद्धि के न रहते, न तो साधन, न ही साध्य शुद्ध हो सकता है। इस कारण गांधीजी का आत्मज्ञान विज्ञान के आत्मज्ञान से कोसों दूर है।

सच्चा सुधार क्या है?

रेल को 'बर्खास्त' किया, वकीलों की 'निन्दा' की, डॉक्टरों को 'मसल' दिया और साफ है कि कल-यंत्र को नुकसानदेह मानेंगे, तो फिर सवाल आता है कि सुधार किसे मानेंगे?

पश्चिम के या आधुनिक सुधार का मुख्य लक्षण है बहिर की शोध और शरीर सुख में पुरुषार्थ और सार्थक्य। गांधीजी के लिए यह सुधार कुधार है, वह अनैतिक और धर्मविमुख है, कारण इस सुधार में मानव होने का अर्थ भौतिक धरातल से उपजता है। मानवपन की तुला मानवेतर पदार्थ से है।

गांधीजी का दावा है कि बाहर की शोध में व्यस्त और उससे ग्रस्त सभी सुधार धूल में मिल गए। "रोम धूल में मिल गया, ग्रीस का नाम मात्र बचा, फेरोआ (इजिप्ट) का साम्राज्य चल बसा, जापान पश्चिम के शिकंजे में है, चीन का कुछ कहा नहीं जा सकता। लेकिन गिरे-बिखरे हिन्दुस्तान का आधार आज भी मजबूत है।"[74]

और ऐसे सुधार के वंशज हिन्द को 'जंगली' और 'अज्ञानी' कहते हैं। कारण? "हिन्द पर आरोप है कि वह ऐसा जंगली और अज्ञानी है कि कोई भी उसमें फेर-बदल ला नहीं सकता। यह आरोप वास्तव में हमारा गुण है, दोष नहीं। अनुभव से जो हमें सही लगा, भला उसमें हम क्यों फेर-बदल करें? अक्ल देनेवाले बहुत से आते-जाते रहते हैं, लेकिन हिन्द अडिग है। यही उसकी खूबी है, यही उसका लंगर।"[75]

उन्होंने कहा था कि सुधार जो कुधार है वह नाशकारक एवं नाशवन्त है। यदि हिन्द अडिग है तो उसका श्रेय भी हिन्द के सुधार को

ही जाना चाहिए। गांधीजी का दृढ़ मन्तव्य है कि जिस सुधार को हिन्द ने व्यक्त किया, जिस सुधार के बीज हिन्दवासियों के पुरखों ने बोए, उसकी बराबरी करने लायक दुनिया में कोई अन्य सुधार नहीं है। हिन्द अचल है और यही उसका भूषण है।

तो सवाल आता है कि सच्चा सुधार या सिर्फ सुधार–क्योंकि विशेषण की आवश्यकता क्या है? किसे कहेंगे? क्या हैं उसके लक्षण?

"सुधार ऐसे आचरण को कहते हैं जिसमें मानुस अपना फर्ज निभाए। फर्ज निभाने का अर्थ है–नीति पालन। नीति पालन का अर्थ है–अपने मन–इन्द्रियों को वश में रखना और ऐसा करते हुए हम स्वयं को पहचानते हैं। यही ही 'सु' यानी सच्ची धारा है। इसके जो विपरीत है, वह कुधार है।"[76]

यह हिन्द स्वराज का मुख्य विचार है। जगत् दर्शन में सुधार की इतनी सरल किन्तु गहन व्याख्या मिल पाना दुष्कर है।

गांधीजी के लिए सुधार कोई अमूर्त व्यवस्था नहीं है। सुधार आचरण है। आचरण के निजी एवं सामुदायिक पहलु होते हैं। सुधार ऐसा आचरण है जिसमें मानुस अपने मन–इन्द्रियों को वश में कर फर्ज निभा, नीति पालन कर स्वयं को पहचानता है। सुधार आत्मज्ञान की सम्भावना उजागर करता है। आत्मज्ञान यदि केवल निजी हो, स्व–केन्द्री हो तो वह मोक्ष कहलाएगा। लेकिन गांधीजी ऐसे मोक्षदायी आत्मज्ञान की तरफ इशारा नहीं कर रहे। गांधीजी के लिए आत्मज्ञान, स्व की पहचान केवल व्यक्तिगत प्रयास का फल नहीं है। उनका निर्देश है ऐसी सभ्यता की ओर, ऐसे सांस्कृतिक ढाँचे की ओर जिसमें केवल व्यक्ति के लिए नहीं किन्तु समष्टि के लिए यह सम्भावना बरकरार हो। व्यक्तिगत मोक्ष की सम्भावना तो हर व्यवस्था में जीवित है–कुधार में भी। क्योंकि धर्मिष्ठ होना किसी भी व्यवस्था में सम्भव होता है, होना चाहिए। किन्तु स्वराज के लिए निजी मोक्ष पर्याप्त नहीं है। गांधीजी ऐसी व्यवस्था को इंगित कर रहे हैं जिसकी दिशा, जिसका चलन–वलन, नैतिक जीवन और खुद को समझ पाने की चाह को उजागर करे। यदि समाज का ढांचा ऐसा है कि जिसमें पुरुषार्थ और सार्थक्य की समझ, उसकी दिशा बाहरी शोध एवं शरीर सुख की है तो उसमें व्यक्ति की खुद

को समझ पाने की चाह केवल निजी मोक्ष के अर्थ में सीमित होकर रहेगी। इसमें अपने आचरण से खुद को पहचानने के सामाजिक आयाम दबकर रह जाते हैं। लेकिन यहाँ सवाल होता है कि आत्मज्ञान के सामाजिक परिमाण क्या हो सकते हैं? और समाज अपने-आप को जाने, इसके क्या मायने रखता है?

गांधीजी व्यक्तिगत आचरण की तीन पगथी बताते हैं। मानुस पर तीन उत्तरदायित्व हैं : फर्ज पालन, नीति पालन और मन-इन्द्रियों को वश में करना। ये तीनों परस्पराधीन हैं, एक-दूसरे में ताने-बाने की तरह जुड़े हुए हैं। व्यक्ति अपने फर्ज का पालन करे। फर्ज पालन मानुस धर्म निभाने से होगा-स्व के प्रति और अन्य के प्रति। फर्ज सामाजिक उत्तरदायित्व है। समाज के न रहते हुए फर्ज की व्याख्या दुष्कर है। स्व-भाव आचरण को फर्ज नहीं कहेंगे। इस कारण गांधीजी कहते हैं कि फर्ज की व्याख्या नीति से होती है। नीति ज्ञान न रहते हुए फर्ज की जाग्रत् संवेदना नहीं होती। और नीति का ज्ञान शास्त्र वचन नहीं है, पंडित, मौलवी या पादरी का शास्त्रार्थ नहीं है।

नीति का ज्ञान पाने के लिए अपने आप को जानना, समझना आवश्यक है, नीति स्व-बोध है। नीति ज्ञान यदि खुद को पहचानना है तो उसके लिए दृष्टि भीतर होनी चाहिए, मन-इन्द्रियों पर काबू करना चाहिए। इस प्रकार बात उभरती है खुद को पहचाने बगैर न तो नीति ज्ञान सम्भव है और न ही फर्ज पालन। स्व-बोध के लिए आन्तरदृष्टि जरूरी है और इस दृष्टि को स्थिर करने के लिए मन-इन्द्रिय पर काबू।

सुधार और कुधार के बीच का यही अन्तर है। सुधार खुद को पहचान फर्ज और नीति परायण जीवन की सीख देता है। उसका चलन-वलन इसी चाह से प्रेरित है। कुधार या आधुनिक सभ्यता शरीर सुख में अर्थ और यत्न-दोनों की तलाश करता है। एक की दृष्टि अन्तर्गत है, दूसरे की बाहरी। इस कारण गांधीजी को ऐसी कोई व्यवस्था नहीं भाती जो मानुस को अपने फर्ज, अपनी नीति, अपने स्व-बोध भुलाने में सहाय करे।

गांधीजी के लिए सुधार का एक प्रमुख लक्षण और लक्ष्य हद बाँधना है। ‘‘हम देखते हैं कि मनुष्यवृति चंचल है। उसका मन मारा-

मारा भटकता रहता है। उसके शरीर को जितना अधिक दो उतना अधिक माँगता है। अधिक पाकर भी वह सुखी नहीं हो पाता। भोग भोगने से भोग की इच्छा बढ़ती जाती है इसीलिए पुरखों ने हद बाँधी।''[77]

सुधार वह आचरण और व्यवस्था है जो भोग इच्छा पर, विषयवृति पर नाशकारक हरिफाई पर और मात्र 'नवीन' की इच्छा प्रेरित परिवर्तन की वृत्ति पर अंकुश लगाती है। यूरोपी सुधार का लक्षण सीमा लांघन है। वह रेल द्वारा, डॉक्टर द्वारा शरीर की पाट की सीमा लांघना चाहता है।

गांधीजी के लिए मानुस की तुला केवल नीतिमय आचरण ही हो सकती है। इस कारण वह आधुनिक सुधार से विचलित है। आत्मज्ञान की खोज की तुला क्या बाहरी हो सकती है कभी? यदि खुद को समझ पाने की कोई तुला हो तो वह मानुस होने की है, फर्ज पालन और नीति परायण जीवन की है। वह कभी भौतिक बीज वस्तु के उत्पादन और उपभोग की क्षमता तो नहीं हो सकती। इस प्रकार समाज व्यवस्था, अर्थ कारण और विचार विश्व में आए बदलाव को भी इसी तुला से नापना चाहिए।

जो परिवर्तन नैतिक जीवन की सम्भावना को और सिमटकर, संकुचित कर रख दे उसको वर्ज्य समझना जरूरी हो जाता है। इस प्रकृति को गांधीजी हिन्द का लंगर कहते हैं। अन्य सुधार धूल में मिल गए हों, ऐसे वक्त हिन्द को अज्ञानी और जंगली माना जाता है। हिन्द अडिग है उसका कारण भी यह लंगर है। जो प्रजा अपनी शारीरिक एवं भौतिक जरूरत पर हद बाँधे और अन्तर की दुनिया को मुक्त करे, ऐसी प्रजा को अन्य से सीख लेने की जरूरत नहीं, वह प्रजा दूसरों को सिखाने लायक है।

ऐसा हिन्दुस्तान गुलाम, कुचला हुआ किन्तु अडिग आज भी है। ''और जहाँ-जहाँ ये चंडाल सुधार नहीं पहुँचे, वहाँ-वहाँ आज भी वैसा हिन्दुस्तान है। उनसे आप अपने नवीन ढोंग की बात करेंगे तो वह आपकी हँसी उड़ाएँगे। उन पर अंग्रेज राज्य नहीं करते। आप भी राज्य नहीं कर सकते।''[78]

गांधीजी के लिए सच्चा सुधार और इस सुधार अनुसार आचरण करनेवाली हिन्दी प्रजा कल्पना नहीं है। यदि ऐसा हिन्दुस्तान-जहाँ

अंग्रेज का राज्य होकर भी नहीं है, जहाँ अंग्रेजीयत की गिरफ्त में आकर हिन्दुस्तान को इंग्लिस्तान बनाने पर तुले हिन्दी न हो–यदि कल्पना होता तो हिन्द स्वराज एक आदर्श अवस्था की खोज में व्यग्र ग्रंथ होता। अंग्रेजी में ऐसे आदर्श को 'यूटोपिया' कहते हैं। 'यूटोपिया' का अर्थ 'नो प्लेस' (जिसकी कोई भूमि न हो ऐसा स्थान) होता है। हिन्द स्वराज के लिए सवाल, वास्तविक भूमि का है और उसमें बसते सुधार आचरण करते हिन्दीयों का भी। इस कारण हिन्द स्वराज स्मृति गान नहीं है। यदि इस भूमि का नाश हो चुका होता, यदि पूरे हिन्दुस्तान पर और सारे हिन्दियों पर अंग्रेज और आधुनिक सुधार का राज्य होता, तो हिन्द स्वराज की स्वराज प्रप्ति की इच्छा कुछ अलग ही होती। उसकी भाषा अलग होती, उसकी भावना अलग होती, उसका दर्शन अलग होता और इस कारण उसके साधन और साध्य भी। पर गांधी का हिन्द स्वराज चाहे जितनी भी सीमित क्यों न हो, पर वास्तविक धरा पर कायम है।

और ऐसे हिन्द को सच्चा स्वराज हासिल है। गांधीजी का विश्वास है कि इस स्वराज से सारा हिन्द और अंग्रेज भी सीख पाएँ और अपनी गुलामी के जुए को निकाल फेंके। स्वराज प्राप्ति की इच्छा रखनेवाले सभी के लिए इस हिन्द को और उसकी प्रजा को पहचानना आवश्यक है, तभी स्वराज की बात सम्भव है। ''जिन लोगों के नाम से हम बात करते हैं, उन्हें हम पहचानते नहीं और न ही वह हमें पहचानते हैं। आप और अन्य जिन्हें देश से लगाव है, उन्हें मेरी सलाह है कि अपने मुल्क में–उस भाग में जहाँ रेल का रेला अभी नहीं पहुँचा–छह महीने घूमें उसके बाद देश लगन की बात करें; उसके बाद बात करें स्वराज की।''[79]

हिन्द के सुधार की हिमायत करनेवाले गांधीजी समाज के दोष और विकृतियों से अज्ञात नहीं हैं। जो सड़न है वह सड़न ही है, उसे सुधार मानकर उसका जतन नहीं किया जा सकता। ''किसी भी देश में किसी भी सुधार के भीतर सभी मानुसों को सम्पूर्णता प्राप्त नहीं हो पाती।''[80] गांधीजी का यह दावा भी नहीं कि हिन्दी सुधार को सम्पूर्णता प्राप्त है। सवाल सुधार की दिशा का है, उसके प्रवाह का है, उसके रुझान का है। ''हिन्द के सुधार का प्रवाह नीति दृढ़ करने की ओर है; पश्चिमी सुधार

का प्रवाह अनीति दृढ़ करने की ओर है; इसी कारण उसे कुधार कहा है। पश्चिम का सुधार निरीश्वर, हिन्द का सुधार सईश्वर है।''[81]

गांधीजी सुधार और स्वराज को आत्मज्ञान की कड़ी से जोड़ रहे हैं। स्पष्ट है कि स्वराज केवल राजकीय घटना नहीं है, अन्तर्मन की अवस्था है। इस कारण स्वराज इच्छुक सभी को खुद को पहचान, नीतिमय जीवन व्यतीत करना चाहिए। स्वराज और आत्मज्ञान की जड़, सभ्यता में सुधार में है। जो सुधार आत्मज्ञान को दूर ले जाए, बहिर को पुरुषार्थ माने, उसमें स्वराज सम्भव नहीं।

स्वराज, आत्मज्ञान को सभ्यता के साथ बुनकर गांधीजी स्वधर्म और युगधर्म के समन्वय और साहचर्य की सम्भावना जाग्रत् करते हैं।

हिन्द कैसे छूटे?

यदि हिन्द का सुधार श्रेष्ठ है, सईश्वरी है, अडिग है, तो हिन्द गुलाम क्यों? और इस गुलामी से छूटने के क्या उपाय हो सकते हैं?

हिन्द की गुलामी के कारण तो स्पष्ट हो चुके हैं। हिन्द अंग्रेजों ने नहीं लिया, हमने उन्हें दिया और हम ही उन्हें रख रहे हैं। हिन्द अंग्रेजी राज्य नहीं किन्तु अंग्रेजीयत का गुलाम था।

यदि हिन्द आधुनिक सुधार के नीचे कुचला जा रहा है तो जिस कारण हिन्द गुलाम बना यदि उस कारण को दूर कर दें तो ऐसे रोग दूर करने जैसे रोगी रोग मुक्त हो स्वस्थ होता है, ठीक वैसे ही हिन्द बन्धनमुक्त हो जाएगा।

हिन्द की सन्तान में कमी रही इसी कारण वह अंग्रेजी सुधार के लालच में फँसे, मोहित हुए। "सभी जानते हैं कि हर सुधार पर विपत्ति आती है। जो सुधार अचल है, वह अन्त में विपत्ति को दूर कर देता है। हिन्द की सन्तान में कमी रही, तभी वह सुधार घिर गया। परन्तु उस घेरे से छूटने की ताकत उसमें है, यही उसका गौरव है।"[82]

यदि हिन्द के बन्धन का मूल कारण राजकीय नहीं परन्तु सभ्यता है तो पूरा हिन्द आधुनिक सुधार की गिरफ्त में नहीं है, फिर भले न अंग्रेजी शासन कायम हो। इसी कारण उन्होंने कहा था कि जहाँ-जहाँ 'चंडाल' सुधार नहीं पहुँचा, जहाँ-जहाँ रेल का रेला नहीं आया वहाँ आज भी हिन्द का सुधार अडिग है और उस प्रजा को सच्चा स्वराज हासिल है। "परन्तु समस्त हिन्द उस घेरे में नहीं है। जिन्होंने पश्चिमी शिक्षा पाई है, वे जो उसके शिकंजे में फँसे हैं, मात्र वही गुलामी से घिरे हैं।"[83]

तो कारण स्पष्ट है, जो लोग अंग्रेजी शिक्षा के चलते अंग्रेजीयत के मोह में हैं, उसके शिकंजे में हैं, वही गुलाम हैं। दो मुद्दे स्पष्ट करने चाहिए। एक, वो सभी जिन्होंने अंग्रेजी शिक्षा पाई है गुलामी से घिरे नहीं हैं। सिर्फ वह जो उससे मोहित हो अपना सुधार त्याग चुके हैं वही गुलाम हैं। दूसरा, जिन्होंने अंग्रेजी शिक्षा नहीं पाई वह सभी गुलामी से मुक्त हैं, ऐसा नहीं है। अंग्रेजी सभ्यता, शिक्षा के अलावा अन्य माध्यमों से भी फैलती है। रेल, वकील, डॉक्टर, कल-यन्त्र तो पश्चिमी शिक्षा न पाने के बावजूद भी अंग्रेजी सभ्यता और शरीर सुख की चाह को फैलाती है तो जो भी किसी कारणवश अंग्रेजी, आधुनिक सभ्यता के मोह में हैं वे सब गुलामी के शिकंजे में हैं।

यदि हिन्द की प्रजा गुलाम होकर भी स्वराज भुगत रही है तो हमें क्यों लगता है कि सारा हिन्द गुलामी से घिरा हुआ है? "हम विश्व को अपनी दो कौड़ी के गज से मापते हैं। यदि हम स्वयं गुलाम हैं तो दुनिया को गुलाम मान लेते हैं। हम कंगाल दशा में हैं इसलिए हम मान लेते है कि समस्त हिन्दुस्तान इसी दशा में है।"[84]

यही गुलामी की मानसिकता है। गुलाम को लगता है कि यदि वह स्वयं गुलाम है तो समस्त दुनिया गुलाम है पर इसी में मुक्ति मन्त्र भी है। यदि गुलाम मुक्त हो जाए तो बाकी की गुलामी भी जाएगी। "फिर भी यह मानना कि हमारी गुलामी देश की गुलामी है, वास्तविक ही है। ऊपर कही बात पर ध्यान दें तो हम समझ सकेंगे कि यदि हम स्वयं गुलामी से मुक्त हो जाएँ तो समझो हिन्दुस्तान की गुलामी गई।"[85]

सच तो यह है कि हर व्यक्ति को अपनी गुलामी का इलाज करना होगा। यदि गुलामी केवल राजकीय होती तो राज्य परिवर्तन होते ही सब मुक्त हो जाते लेकिन गांधीजी के अनुसार गुलामी तो मानसिक अवस्था है। तो इससे मुक्ति पाने को हर मानुस को यत्न करना होगा। इसी में हमें स्वराज की व्याख्या भी मिलेगी। "अपने ऊपर हम स्वराज्य करें, वही स्वराज है।"[86]

स्वराज की इतनी सरल और दार्शनिक विभावना और कहीं मिल पाना दुष्कर है। स्वराज का अर्थ है अपना राज्य नहीं किन्तु अपने ऊपर हम स्वयं राज करें। अंग्रेजीं में उन्होंने 'रूल अवरसेल्व्स' प्रयोग किया है जो 'सेल्फ रूल' से भिन्न है। स्वयं ऊपर राज करने का अर्थ मन,

वचन, इन्द्रियों को वश में कर, नीति पालन कर, फर्ज निभाकर खुद को समझ पाना। जो अपने ऊपर स्वयं राज करे, वह मानुस स्व-निष्ठ और स्व-निर्भर है।

स्वराज ही सच्चा सुधार है या सच्चा सुधार ही स्वराज है। जो मानुस अपने आप को पहचान, फर्ज पालन कर, नीति परायण होकर स्वयं पर राज करता हो वह गुलाम नहीं हो सकता। ऐसे मानुस पर परराज्य का शासन हो, यह सम्भव नहीं। गांधीजी कहते हैं : "यह स्वराज हमारी हथेली में है।"[87]

गांधीजी के चिन्तन के एक अंग की तरफ ध्यान आकर्षित होना जरूरी है। उनकी सोच में राजकीय और आध्यात्मिक, व्यक्ति और समष्टि के बीच कोई अभेद रेखा नहीं है। स्वराज, जो राजकीय माना जाता था, उसे सुधार के साथ मानुस की स्वयं ऊपर राज्य करने की ताकत के साथ जोड़कर उन्होंने राजकीय एवं आध्यात्मिकता का रिश्ता कायम किया। इसी प्रकार व्यक्ति और समष्टि का भी। यदि हम गुलाम नहीं रहे तो औरों को भी इस गुलामी से जूझने में सहायता अवश्य करेंगे क्योंकि यह हमारा फर्ज भी होगा। वह कहते हैं, "मन ही मन स्वराज धारण किए बैठे रहना स्वराज नहीं। यह तो कुछ ऐसा है, यदि एक बार आपने इसका स्वाद चख लिया तो दूसरों को स्वाद चखाने हेतु जीवनपर्यन्त आप प्रयत्न करते रहेंगे। मुख्य बात यह है कि जन-जन स्वराज भोग पाएँ।"[88]

यदि अपने ऊपर स्वयं राज्य करने का अर्थ स्वराज है तो स्वराज की चाह, उसकी लगन हमें यह सीख देती है कि हमारा द्वेष अंग्रेजों के प्रति नहीं किन्तु उनके सुधार के प्रति होना चाहिए। "अब आप इतना तो समझ ही गए होंगे कि अंग्रेज को निकाल फेंकने की कसम उठाना जरूरी नहीं। यदि अंग्रेज हिन्दी बनकर रहें तो हम उनका समावेश कर सकते हैं। लेकिन यदि अंग्रेज अपने सुधार सहित यहाँ रहना चाहें तो उनके लिए हिन्द में जगह नही।"[89]

यदि अंग्रेज सुधार को हिन्द से निकाल हिन्द स्वराज पाना है तो उसके साधन अलग होंगे क्योंकि साध्य, सच्चा सुधार कर स्वराज पाना है। इस कारण हिन्द स्वराज अब साधन-साध्य मीमांसा की ओर बढ़ेगा।

इटली और हिन्द

1 जुलाई, 1909 को मदन लाल ढींगरा ने लंदन में सावरकर, श्यामजी कृष्णवर्मा और हरदयाल के प्रभाव में आकर सर कर्जन बायली की गोली चला हत्या कर दी।

युवा हिन्द, प्रजा को हथियार से लैस कर, गुरिल्ला लड़ाई लड़, हिंसक क्रान्ति के द्वारा अंग्रेज को देश से निकालने के लिए तत्पर था। इन देशाभिमानी युवा हिन्द के लिए हिंसक क्रान्ति की वैचारिक पीठिका इटली के चिन्तक एवं योद्धा माजिनी और गैरीबाल्डी से मिली। गांधीजी के लिए इस देशाभिमानी, पर हिंसक लड़ाई पर तत्पर, युवा हिन्द के साथ संवाद करना आवश्यक था। इस संवाद के बगैर उनके विचार से अपने आप को दूर किए बगैर हिन्द स्वराज की बात करना मुश्किल था। यदि वह कोई अलग राह और भिन्न साधन की चर्चा करना चाहते थे जो स्वीकृत विचार एवं साधन थे, उनके साथ वैचारिक संवाद अनिवार्य था।

सवाल साफ था। युवा हिन्द का मानना था कि अंग्रेजों ने तलवार के बल पर हिन्दुस्तान पर कब्जा किया था, अपने दारू-गोले की ताकत और उसके इस्तेमाल में निपुणता के कारण अंग्रेजों का हिन्द पर कब्जा कायम था। यदि अंग्रेज हथियार बल से हिन्द पर सत्ता कायम कर पाए तो उन्हें इसी साधन से मार हराया जा सकता है, यही सोच क्रान्तिकारी युवा हिन्द की थी। माजिनी और गैरीबाल्डी जैसे महावीर से उन्हें प्रेरणा भी मिली। जो इटली ने किया, जिन साधनों से उन्होंने ऑस्ट्रिया के आधिपत्य को खत्म किया, वही हिन्द में भी हो सकता है, और होना चाहिए। यह सोच युवा हिन्द में स्वीकृत थी।

गांधीजी की सोच बिलकुल भिन्न थी। उनके कहे अनुसार हिन्द को अंग्रेजों ने नहीं लिया, उसे हमने दिया और हम ही उन्हें रख रहे हैं। हिन्द अंग्रेजी हथियार से नहीं किन्तु आधुनिक सुधार तले कुचला जा रहा था। इस कारण लड़ाई सुधार की थी, हथियार की नहीं।

गांधीजी इटली और हिन्दुस्तान की भिन्न स्थिति पर ध्यान आकर्षित करते हैं। ऑस्ट्रिया और इटली के बीच सुधार भेद नहीं था। वे 'चचेरे भाई' समान थे। इसी कारण 'जैसे को तैसे' वाली बात कर सके, साजिश की, हथियारों से प्रजा को लैस कर, विदेशी शिकंजे से इतालवी प्रजा को छुड़ा पाए। दो राजाओं के बीच जो शतरंज की बाजी लगी उसमें इटली की प्रजा मात्र प्यादा बनकर रह गई। खून बहा प्रजा का और सत्ता मिली राजा को।

''इटली में इतालवी राज करते हैं इसलिए इटली की प्रजा सुखी है। यदि आप ऐसा मानते हैं तो मैं आपसे कहूँगा कि आप अँधेरे में भटक रहे हैं। माजिनी ने साफ-साफ कहा है कि इटली को छुटकारा नहीं मिला।... माजिनी का इटली आज भी गुलाम है।''[90]

गांधीजी की चाह थी की हिन्द की प्रजा स्वराज पाए और उसे कायम रखे, उनका इरादा अपने लिए और अपनों के लिए राज्य सत्ता हथिया लेना नहीं था।

उनके लिए हथियार बल का प्रयोग, दारू-गोले का उपयोग कोई व्यूह रचना का विषय नहीं था। सवाल यह नहीं था कि हिन्द की प्रजा को कैसे हथियार से लैस किया जाए, कैसा प्रशिक्षण हो, कैसी गुरिल्ला रणनीति हो? उनके लिए सवाल था, यदि हिन्द हथियार बल से अंग्रेज को निकाल बाहर करने का प्रयत्न करते हैं तो हिन्द के सुधार का क्या होगा? हिन्द की प्रजा की सोच में जो आमूल परिवर्तन आएगा उसके क्या परिणाम होंगे?

''अंग्रेज गोला-बारूद में निपुण हैं परन्तु उससे मुझे भय नहीं। लेकिन इतना मैं जानता हूँ, यदि हमें अंग्रेजों से उन्हीं के हथियार द्वारा लड़ना है तो हिन्द को हथियार से लैस करना होगा।...समस्त हिन्द को हथियार से लैस करना हिन्दुस्तान को यूरोप समान बनाने जैसा होगा। यदि ऐसा होना है तो जैसा बेहाल यूरोप का, वैसा ही हिन्द का होगा। दो

टूक कहें तो हिन्द को यूरोप का सुधार ग्रहण करना होगा।''[91] गांधीजी की दलील सीधी और पैनी है। यदि हिन्द हथियार से अंग्रेज को हराना चाहते हैं तो हिन्द को अंग्रेज समान बनना होगा। यूरोप के सुधार को अपनाए बगैर हिन्द यूरोप के साधन में निपुणता हासिल नहीं कर सकता। हिन्दुस्तान इंग्लिस्तान बने तभी हिन्द अंग्रेज को उनके ही हथियार से डराने की सोच भी सकता है। यदि हमारा ध्येय अंग्रेजी सुधार को अपनाना है तो क्यों न उनको ही हिन्द में रहने दें और उनसे ही सीखें।

''यदि ऐसा ही होना है तो अच्छा हो कि जो उस सुधार में कुशल हैं, उसको बने रहने दें। उनके साथ थोड़ा-बहुत लड़कर कुछ हक हम ले पाएँगे, कुछ नहीं ले पाएँगे और इस तरह दिन गुजार लेंगे।''[92] सवाल है कि हथियार/साधन और सुधार का क्या सम्बन्ध? गांधीजी के मतानुसार हर प्रजा अपने ढाँचे के अनुकूल और उसके अनुसार साधन शोध करती है। उनके लिए साधन केवल उपकरण नहीं है। प्रजास्मिता का द्योतक है। यूरोप का सुधार यदि बहिर की शोध और शरीर सुख में सार्थकता और पुरुषार्थ की चाह रखता है तो उनके साधन कैसे हों? उनके साधन के दो लक्षण होंगे। एक, यह साधन मानव शक्ति से इतर कोई शक्ति होनी चाहिए। यह कल-यन्त्र की हो सकती है, दारू-गोले की हो सकती है। यह अनिवार्य है क्योंकि यूरोप के सुधार ने मानव होने के मापदंड, कल-यन्त्र उत्पाद के बना दिए हैं। दूसरा, ये साधन ऐसे होने चाहिए कि जिसके कारण शरीर को हानि पहुँचे-चाहे चोट दें, चाहे प्राण हर लें। क्यों? यदि चाह शरीर सुख की है, शरीर को कष्ट मुक्त ही नहीं, उसकी हर विषय-इच्छा की आपूर्ति करने की है तो शरीर का वार ही सुख पर वार। उससे बड़ा घाव कोई हो ही नहीं सकता। जो भौतिक साधन की चाह हो तो वैसे ही साधन द्वारा शरीर पर वार करना स्वाभाविक है। इस कारण गांधीजी कहते हैं कि हिन्द की प्रजा को हथियार से लैस करने का अर्थ हिन्द को यूरोप के सुधार को ग्रहण करना होगा।

हिंसा के मार्ग पर चलना उन्हें बिलकुल स्वीकार्य नहीं। वह कुमार्ग है और कायर, नपुंसक प्रजा का रास्ता। हिंसा के मार्ग का इंजन देनेवाले

भी गांधीजी के लिए कुधार से ग्रस्त है। "खून तो हमें स्वयं अपना करना चाहिए क्योंकि हम नपुंसक हो गए हैं, और इसलिए हम खून करने की बात सोचते हैं।...हमारे जैसे, जिन्होंने अधम सुधार रूपी भांग पी है, वे ही खुमारी में इस तरह की बात करते हैं।"[93]

हिंसा के कारण जो मिला वह हिंसा के रहने तक ही रहेगा। इस कारण हिंसा से प्राप्त मुक्ति, प्रजा की मुक्ति नहीं होगी क्योंकि नए राज्यकर्ता अपनी सत्ता को कायम रखने के लिए प्रजा पर हिंसा प्रयोग अवश्य करेंगे। यही हिंसा का तर्क है। "भय से मिली वस्तु तब तक ही कायम रह पाती है जब तक भय बना रहे।"[94] जो स्वराज भय से मिला, अंग्रेज को खून के डर से भयभीत कर मिला तो इस स्वराज को बरकरार रखने के लिए प्रजा को भी भयभीत करना जरूरी हो जाएगा। इसमें प्रजा का, सर्वजन का स्वराज कहाँ? "खून करके जो लोग राज्य करेंगे वह प्रजा को कभी सुखी नहीं कर पाएँगे।"[95]

गोला-बारूद

गोला-बारूद रूपक से गांधीजी साधन-साध्य मीमांसा करते हैं। सवाल तो स्पष्ट है कि यदि हमारी मुराद सही हो, साध्य ईष्ट हो, तो ध्येय तक पहुँचने का रास्ता कोई भी हो उससे हमें परहेज क्यों? जैसे भी सम्भव हो, कार्यसिद्धि तो हमें करनी ही है। "उन्होंने निकम्मे को पाने का मन बनाया, और उसे पाया। मतलब यह कि उन्होंने जो धारण किया उसे हासिल किया। साधन क्या हों, आखिर इसकी फिक्र क्यों? अपनी मुराद सही हो तो क्यों न हम मर-मार कर हर सम्भव साधन से उसे प्राप्त करें? चोर मेरे घर में घुस बैठा हो तो क्या मैं साधन के बारे में सोच-विचार करूँगा? मेरा धर्म तो उसे हरसम्भव साधन से निकाल देने में है।"[96]

यह दलील चित्ताकर्षक है और ऐसी सोच है कि जगत दर्शन में उसे बहुधा स्वीकृति प्राप्त है। मुराद सही हो तो साधन कोई भी हो सकता है। यह विचार विश्व की राजकीय, क्रान्तिकारी और नव समाज की कल्पनों में अत्यन्त आकर्षक और स्वीकृत मान्यता रही है। इस कारण पश्चिम में और अन्यत्र दर्शन का रुझान साध्य के प्रति रहा है। आदर्श व्यवस्था क्या हो, सर्वहित संरक्षण का खाका क्या हो, नैतिक समाज कैसा हो, न्याय और समता कैसे कायम हो, यह सब दर्शन हमें मिलता है। जरूर, आदर्श के दो कल्पनों के बीच दूरी हो, मतभेद और टकराव भी हो, यह सम्भव है और ऐसे अन्तर को स्वीकृति भी है।

साथ में ध्येय प्राप्ति के साधन क्या हों, सही व्यूह रचना कैसी हो, सबसे कारगर रणनीति क्या हो, इसके लिए प्रजा का गठन कैसे हो, प्रजा

और नेता, जनता और अग्रदूतों के आपसी रिश्ते क्या हों, दोनों की परस्पर जिम्मेदारी क्या हो, यह सवाल भी विचाराधीन रहे हैं। अपेक्षानुसार जैसे दो साध्य के बीच में मतान्तर है, उसी प्रकार यह साध्य पाने की सबसे असरकारक और कारगर रणनीति क्या हो, इस बीच भी गहरा मतभेद देखने में आता है। राजकीय और सामाजिक चिन्तन में जो तड़े पड़ते हैं, वे साधन और साध्य, दोनों को लेकर बनते हैं।

यह बुनियादी मतभेद के बावजूद, एक साम्य है। अधिकांश विचार सरणी और आदर्श कल्पनों में साधन की व्याख्या उपकरण रूप या व्यूह रचना एवं रणनीति की परिभाषा में की जाती है। जब साधन, उपकरण या रणनीति रूप बने तब उसका मूल्यांकन उसकी इच्छनीयता, नैतिकता या सत्य के आधार नहीं किन्तु साधन की क्षमता, उसकी कार्यसिद्धि में उपयोगिता और कारगरता के आधार पर होती है। यदि एक साधन कार्यसिद्धि की प्राप्ति के लिए कारगर न हो तो उसे त्यज, सक्षम साधन अपनाना चाहिए, यह सोच प्रबल रही है। साधन की योग्यता-अयोग्यता की तुला उसकी कार्यसिद्धि की सक्षमता रही है। पश्चिम और अन्यत्र, साधन को उपकरण मात्र सोचने का वलण प्रबल रहा है। और यही सोच अधिकांश राजकीय सामाजिक चिन्तन में आज तक कायम है।

गांधीजी इस धारणा का बुनियादी विरोध करते हैं। उन्हीं के शब्दों में इसे समझें : "आपका यह मानना कि साधन और साध्य के बीच कोई सम्बन्ध नहीं, बहुत बड़ी भूल है। इस भूल के कारण धर्मिष्ठ कहे जाने वाले मानुसों ने घोर कर्म किए हैं। यह तो विष-बेल बो कर, मोगरे के फूल पाने की इच्छा समान है। समुद्र पार करने के लिए जहाज ही हमारा साधन हो सकता है। गाड़ी यदि मैं पानी में उतार दूँ, तो मैं और गाड़ी दोनों नीच तल में पहुँच जाएँगे। जैसा देव वैसी पूजा, यह वाक्य विचार करने योग्य है। उसका खोटा अर्थ लगाने के कारण लोग भ्रमित हुए हैं। साधन बीज है, और साध्य-प्राप्ति वृक्ष है। इसलिए, जितना सम्बन्ध बीज और वृक्ष बीच है, ठीक उतना ही साधन और साध्य बीच है। शैतान का भजन कर ईश्वर भजन का फल मिले, यह बनने वाला योग नहीं। इसलिए यह कहना कि भजन तो हमें ईश्वर का करना है, साधन चाहे शैतान हो, यह तो निरे अज्ञान की बात है। जैसी करनी वैसी भरनी।"[97]

यह विचार गांधीजी के प्रमुख विचारों में से एक है। वे दो विचार सामने रख रहे हैं। एक साधन और साध्य के बीच अनेरा, अटूट, अविच्छिन सम्बन्ध है। साधन बीज तो साध्य वृक्ष। वृक्ष कैसा हो, वह तो बीज पर निर्भर करेगा। जैसा बीज बोएँगे उसी प्रकार वृक्ष उगेगा। यानी जो वृक्ष चाहिए, जो साध्य चाहिए उसका एक अनेरा साधन होगा। इस साधन के न रहते इच्छित साध्य सम्भव नहीं। वृक्ष और बीज और साधन-साध्य सम्बन्ध में एक अन्तर है। बीज जमीन के नीचे रहता है, वह दृष्टिगोचर नहीं होता। केवल वृक्ष दिखाई देता है और वृक्ष से हम बीज की कल्पना कर सकते हैं। लेकिन साधन बीज रूप होकर भी दृष्टिमान है। ऐसा कभी नहीं होता कि साध्य दिखाई दे पर साधन गोपनीय रहें। साधन तो 'दृष्ट' है और होना भी चाहिए।

दूसरी बात, शैतान को भज, हमें ईश्वर प्राप्ति नहीं हो सकती यानी साध्य कितना भी सही हो, मुराद कितनी भी पाक हो, धर्मनिष्ठ हो पर साधन यदि उतना ही पाक, धर्मिष्ठ नहीं है तो मुराद बर आनेवाली नहीं। शुद्ध, उच्च और धर्मिष्ठ साध्य पाने के लिए साधन भी उतना ही शुद्ध, पाक और नेक होना आवश्यक है। साधन-साध्य का अभेद और साधन-साध्य, दोनों की अनिवार्य शुद्धता गांधीजी की अनोखी देन है। विश्व दर्शन में गांधीजी के अलावा किसी भी दार्शनिक, चिंतक या कर्मशील ने साधन-साध्य के अभेद और अनिवार्य शुद्धता का जिक्र भी नहीं किया। गांधी-विचार एवं कर्म में यह अभेद और शुद्धि के न रहते एक कदम भी बढ़ाना मुश्किल ही नहीं, नामुमकिन है।

सवाल आता है कि शुद्ध, पाक, नैतिक साधन यानी क्या? यदि साधन को उपकरण मात्र माना जाए तो यह सवाल नाजायज है, लगभग असम्भव। क्योंकि उपकरण असरकारक हो सकता है, पाक या नापाक नहीं। पर गांधीजी के लिए यह सवाल जायज ही नहीं अत्यन्त आवश्यक है। साधन की शुद्धि यानी साधन को धारण करने वाले साधक की शुद्धि। यह सम्भव नहीं कि साध्य नैतिक हो, साधन पाक और उसे धारण करनेवाला साधक नापाक, अनैतिक। साधन और साध्य को जोड़नेवाली कड़ी साधक, उसकी साधना एवं उसकी शुद्धि है। साधक की साधना ही साध्य एवं साधन के चयन में निर्णायक रहती है। गांधीजी

के एकादश व्रत, उनका आश्रम और आश्रम जीवन, सत्याग्रही और स्थितप्रज्ञ बनने की चाह, साधक की शुद्धि के लिए है। साधक अपनी ही तप अग्नि में शुद्ध होता है।

गांधीजी के चिन्तन और जीवन-कार्य में जो अध्यात्म दर्शन है, खुद को पहचान सत्यपथ पाने का जो मंथन है वह इस साधन-साधक-साध्य की त्रयी से उजागर होता है। गांधीजी के जीवन के अनेक प्रयोग इस साधक की शुद्धि के लिए थे, निर्विकार बनने की चाह से प्रेरित थे, आत्मशुद्धि के थे और निर्विकार बन, खुदा को समर्पित हो अन्तरआत्मा की आवाज सुनने के लिए थे। इस कारण गांधीजी ने स्वराज प्राप्ति के लिए जिस साधन का आविष्कार किया, वह साधन को धारण करना साधक की आत्म-मंथन और आत्मशुद्धि के न रहते असम्भव था।

गांधीजी दो प्रकार के साधन या बल की चर्चा करते हैं। एक है-हथियार बल या गोला-बारूद और दूसरा है-दयाबल या आत्मबल या फिर सत्याग्रह। गांधीजी मानते हैं कि शासक के साथ व्यवहार में प्रजा के पास बल होना आवश्यक है। वह अरजी का उदाहरण लेते हैं। युवा हिन्द का दावा था कि अरजी नाकाम है। जस्टिस रानाडे जेसे नेता का कहना था कि अरजी लोकशिक्षा का साधन है क्योंकि इसके द्वारा लोगों को अपनी स्थिति का भान कराया जाता है। और राजकर्ता को चेतावनी भी। गांधीजी अरजी को पूरी तरह निकम्मा मानते हुए कहते हैं कि अरज के पीछे प्रजा का बल होना चाहिए। ''जिस के पीछे बल नहीं वह अरजी नाकाम है, यह बात शंका के परे है।''[98] अरजी के पीछे क्या रवैया है, कौन अरजदार है, उस पर निर्भर करेगा कि शासक का उत्तर क्या हो। ''बराबर का मानुस अरजी दे तो वह विनय की निशानी होगी। गुलाम अरजी दे तो वह उसकी गुलामी की निशानी है। जिस अरजी के पीछे बल हो वह अरजी बराबर वाले की, और वह अपनी माँग अरजी के रूप में जाहिर करे तो वह खानदानी है।''[99]

गांधीजी अरजी के पीछे कौन से बल हैं की तरफ निर्देश कर रहे हैं। गोला-बारूद के बल में, हथियार बल में विश्वास रखने वाला कहेगा, ''नहीं देंगे तो आप पर चोट करेंगे।''[100] यह बल तो साफ है कि शारीरिक चोट करने वाला, पीड़ा, हिंसा और जान हानि का भय जताने

वाला बल है। गांधीजी के अनुसार यह बल जब तक भय कायम रखेगा तब तक ही टिका रहेगा। दूसरे प्रकार का बल है : "आप नहीं देंगे तो हम आपके अरजदार नहीं रहेंगे। हम अरजदार होंगे तभी आप बादशाह रह सकेंगे। आपके साथ खेल खत्म।"[101] इस बल को गांधीजी दयाबल, आत्मबल या सत्याग्रह नाम देते हैं। इस बल में चोट शारीरिक नहीं है। चोट है, पर वह शासक और शासित के रिश्ते की बुनियाद पर। जब शासित प्रजा शासक के साथ असहकार करे, उनके राजा होने का न्यायोचित शासक होने का दावा नामंजूर करे तब वह प्रजा मुक्त हो जाती है। शासक-शासित का सम्बन्ध परस्परावलम्बी है। शासित की रजामंदी के बगैर शासन सम्भव नहीं। इस प्रकार का बल व्यक्तिगत शारीरिक चोट या हानि पहुँचाए बगैर जो अन्यायी, अनैतिक सम्बन्ध है उसे बदल देता है। गांधीजी इस बल के विषय में दो विधान करते हैं। एक "हथियार बल की तुलना में दयाबल अधिक शक्तिशाली है। हथियार में हानि है दया में कभी नहीं।"[102] और दूसरा : "यह बल अविनाशी है।"[103]

यह दो कथन साथ पढ़ने पर स्पष्ट होता है कि दयाबल की शक्ति मानुस के अंदर की, उसकी आत्मा की शक्ति है। यह कोई उपकरण या हथियार पर आधारित नहीं है लेकिन मानुस की अमाप और अखूट अध्यात्म शक्ति उसका स्रोत है, इस कारण वह अविनाशी है। गांधीजी का विश्वास था कि जिसके पास यह आत्म या दया या सत्यबल हो उसके ऊपर हथियार बल किसी काम का नहीं। दयाबल वही धारण कर सकता है जिसे अपनी स्थिति का भान हो। स्व-बोध के अभाव में, आत्मा के स्रोत की शक्ति का न तो अहसास होता है न वह उपलब्ध होती है। इस कारण वह कहते हैं : "इस बल का उपयोग करनेवाले अपनी स्थिति अच्छी तरह से समझते हैं।"[104]

गांधीजी बार-बार यह बात भिन्न शब्दों में स्थापित करते हैं कि स्वराज की चाह रखने वाले मानुस को अपने भीतर देख खुद को जानना होगा, अपने आप को निर्विकार करना होगा और इस तरह आत्मशुद्ध हो, दया के बल का पाक साधन धारण करना होगा।

सत्याग्रह-आत्मबल

शुद्ध साधन और साधक की आत्मशुद्धि से गांधीजी को जो प्रथा मिली, जिस प्रथा की उन्होंने जीवनपर्यन्त तपश्चर्या की, उस प्रथा का नाम उन्होंने दिया–दया बल, आत्मबल अथवा सत्याग्रह। 'सत्याग्रह' शब्द इतना रूढ़ हो गया है हमारी भाषाओं में कि बाकी के दो शब्दों के प्रति हमारा ध्यान कम ही जाता है। दया बल का मूल अर्थ 'पीटी' या 'कम्पैशन' है। ख़्रीस्त दर्शन का यह विचार निराला है। दया किसके प्रति? दया हमारे विरोधी के प्रति, हमारे दमनकर्त्ता के प्रति। यदि हम में अपार दया और करुणा है तो हम हमारे विरोधी के प्रति भी हिंसा नहीं करेंगे। हमारा प्रयास तो उसे सही राह पर लाना ही होगा।

'आत्मबल' शब्द तो साफ है, आत्मा का बल। लेकिन जिसे अपने आत्मा के व्यापार का कोई भान न हो वो भला कैसे आत्मा की शक्ति को पहचानेगा? इसी कारण गांधीजी पुनरपि पुनः मन–हृदय–इन्द्रियों पर काबू पा, उन्हें वश कर, नीतिमय जीवन व्यतीत कर अपने आप को और अपने खुदा को पहचानने पर जोर देते रहे।

सत्याग्रह–जिसका नाम मगनलाल गांधी ने सदाग्रह दिया था–तो सत्य के प्रति दृढ़ आस्था, अचल अटूट श्रद्धा और इस आस्था के रहते सत्य शोधन और सत्य स्थापन का भगीरथ यत्न। अंग्रेजी में शुरुआत के कुछ साल गांधीजी ने 'पैसिव रेज़िसस्टेंस' शब्द का प्रयोग किया। सत्याग्रह 'पैसिव' न था, निष्क्रिय प्रतिरोध तो नहीं था। इस शब्द का प्रयोग पश्चिम में 'सेफ्रेजेट आन्दोलन' और बाइबिल के 'नए करार' के पुनः अर्थ घटन से प्रेरित कई जन आन्दोलनों में होता था। गांधीजी को

यह ज्ञान था कि सत्याग्रह का मूल और उसकी नीति-रीति 'पैसिव रेसिस्टैंस' से भिन्न थी। इस कारण कुछ साल बाद उन्होंने अंग्रेजी भाषा में भी 'सत्याग्रह' शब्द को रूढ़ किया।

सत्याग्रह किस व्यवहार को, आचरण को कहते हैं? "यह शब्द मानुस द्वारा स्वयं दु:ख सह अपने हक पाने की रीति पर लागू होता है। इसका उद्देश्य लड़ाई बल से विपरीत है। यदि कोई काम मुझे नापसन्द हो, और उस काम को न करूँ, ऐसा करना सत्याग्रह अथवा आत्मबल का प्रयोग है।"[105] केवल नापसन्द काम को न करने में सत्याग्रह नहीं हैं। इसकी अनिवार्य शर्त है, शुद्ध बुद्धि और शुद्ध अन्तरात्मा से जो हमें न पसन्द हो, जो हमारे मानुस होने से विपरीत हो, ऐसा काम न करें और इसकी सजा स्वयं पाएँ। स्वयं द्वारा दु:ख पाकर हक पाने की रीति है यह। इसमें सजा पाने की तत्परता अनिवार्य है। आहुति है स्वयं की, अन्य का प्राण हरण नहीं। "मुझ पर लागू होने वाला अमुक कानून सरकार ने घोषित किया। वह मुझे पसन्द नहीं। अगर मैं सरकार पर हमला कर कानून रद्द करवा दूँ तो मैं शरीर बल का उपयोग करता हूँ। उस कानून को यदि मैं कबूल ही न करूँ और दी गई सजा भोगूँ तो मैं आत्मबल अथवा सत्याग्रह का प्रयोग करता हूँ।"[106]

स्वछन्द व्यवहार या स्वेच्छा कानून भंग, हुक्म का अनादर सत्याग्रह नहीं है। अन्यायी लगने वाले कानून का शुद्ध बुद्धि से अनादर और इस अनादर की सजा का स्वेच्छा स्वीकार सत्याग्रह है। शरीर बल में अन्य की हानि है। सत्याग्रह में स्वयं दु:ख सहने की बात है। स्वयं पीड़ा सहना नैतिक दृष्टि से श्रेष्ठ है। "सत्याग्रह में मैं अपनी आहुति देता हूँ। अपनी आहुति देना दूसरे के बलिदान की तुलना में श्रेष्ठ है।"[107] अपनी अन्तरात्मा की आवाज को समर्पित होकर आचरण करना और ऐसे आचरण के परिणाम खुद भुगतना यह सत्याग्रह की कुंजी है। गांधीजी तत्कालीन सर्वराजकीय विचार से अलग कह रहे हैं। मान्यता थी कि अन्यायी कानून बनानेवाले को दूर करने में मर्दानगी है, वही क्रान्ति है। गांधीजी कानून बनानेवाले को नहीं, खुद सजा पाकर इस अन्याय को प्रकाश में लाने की राह दिखाते हैं। कानून का मान रखना यानी अन्यायी कानून का विरोध करने की शक्ति धारण करना। "हम कानून का मान

रखने वाली प्रजा हैं, इसका सच्चा अर्थ तो यह है कि हम सत्याग्रही प्रजा हैं। यदि कानून पसन्द न हो तो हम कानून बनानेवालों का सिर नहीं फोड़ते, हम उसे रद्द करने के लिए त्राग करते हैं।''[108] अव्यायी कानून का अमल गुलामी की हद है। गांधीजी कहते हैं कि कानून के प्रतिरोध की सम्भावना कानून में ही दर्ज होती है। कानून कभी यह नहीं कहता कि कानून मानना हमारा फर्ज है। कानून में तो उसके अनादर करने की सजा दर्ज होती है। जो मानुस इस सजा भोगने के लिए शुद्ध बुद्धि से तैयार हो उसे वह कानून भंग करने का अधिकार है, और यह उसका फर्ज भी। ''जो मानुस अपनी मनुसाई में है, जिसे ख़ुदा का ही डर है, वह किसी दूसरे से नहीं डरता। वह दूसरे के बनाए कानून में नहीं बाँधा जा सकता। बेचारी सरकार भी यह नहीं कहती, 'आपको ऐसा ही करना पड़ेगा'। वह कहती है, 'यदि आप ऐसा न करें तो सजा होगी।' अधम दशावश हम मान लेते हैं कि 'ऐसा करना' हमारा कर्तव्य है, हमारा धर्म है।''[109] स्पष्ट है कि कानून के ढाँचे में ही सत्याग्रह की सम्भावना है। सिर्फ शर्त इतनी ही कि हम कानून भंग की सजा भुगतें। यदि लोग एक बार सीख लें कि अन्यायी कानून को मानना धर्मविरुद्ध है, गुलामी की हद है, और सत्याग्रह द्वारा कानून भंग करें तो उस प्रजा को कोई गुलामी के बन्धन में नहीं बाँध सकता। जब तक प्रजा अन्यायी कानून को मान देती रहे तब तक उनकी गुलामी जानेवाली नहीं। अन्यायी कानून का पालन हमारा फर्ज है, यह सोच अनीश्वरी वार्ता है।

सत्याग्रह और शरीरबल कभी एक साथ नहीं हो सकते। शरीरबल का प्रयोग, गोला-बारूद दागना सत्याग्रह के कानून में विघ्न डालता है। शरीरबल का तर्क तो यही है कि जो हमें पसन्द हो वह दूसरे से करवा लें। इस तर्क अनुसार अन्य भी अपनी पसन्द का कार्य करवाने, हम पर भी गोली-बारूद चलाने का अधिकारी होता है।

इससे तो हिंसा का सर्वनाशी विषचक्र शुरू होता है। ऐसा चक्र जो अन्तहीन है। चौतरफा हिंसा के चलते हम कभी तट पर नहीं पहुँच पाएँगे। इसलिए अन्यायी व्यवस्था का सामना करने की एकमात्र राह सत्याग्रह है। ''जो यह मानते हैं कि नापसन्द कानून को मान देना अनिवार्य नहीं है, उन्हें तो सत्याग्रह के साधन को खरा मानना होगा, नहीं

तो परिणाम अति विकट होगा।''[110]

सत्याग्रह आस्था पर निर्भर है। आस्था केवल अपनी मानुसाई में नहीं किन्तु अपने दमनकर्त्ता की मानुसाई में भी। याद करें, गांधीजी का विधान, ''मनुष्य जाति में कुछ अच्छा तो रहता ही है।''[111] इस विधान में सत्याग्रह की कुँजी है। आस्था है कि जो शासक है, दमनकर्ता है उसमें भी जो अपना हक पाने के लिए स्वयं दुःख सहन कर रहा है, उसकी सत्यनिष्ठा और पीड़ा–दोनों पहचान पाने की और इस संवेदन से प्रेरित हो अन्यायी व्यवस्था में परिवर्तन लाने की चाह है। इस आस्था के न रहते, इस सम्भावना के न रहते सत्याग्रही का संवाद एकतरफा रह जाता है। इसी कारण गांधीजी ने सत्याग्रह को दयाबल कहा। पीड़ा को पहचानने की और इस संवेदन से झंकृत होकर कार्यरत होने की इच्छा ही दयाबल है। अन्य की मानुसाई की पहचान सत्याग्रह और सत्याग्रही की अनिवार्य आवश्यकता है लेकिन यह पर्याप्त नहीं है।

गांधीजी सत्याग्रही के लिए चार आचरणों की अनिवार्यता पर जोर देते हैं। सत्याग्रही को सत्य का सेवन करना होगा, ब्रह्मचर्य का पालन करना होगा, गरीबी धारण करनी होगी और अभय बनना होगा। सत्याग्रह तो सत्य का सेवन है। आग्रह सत्य को लेकर है, निजी सत्य को लेकर नहीं। इसी कारण सत्याग्रह में संवाद की महिमा है। गांधीजी के लिए सत्य कोई अमूर्त दार्शनिक खयालमात्र नहीं है। मनुष्य होने का अर्थ ही सत्य की सम्भावना है। अन्तरात्मा और शुद्धबुद्धि से जो ज्ञात हो वह सत्य। सत्य ही शुद्ध ज्ञान है, वही आनन्ददायक और मंगलकारी भी है। सत्याग्रही को वाणी, विचार और आचार से सत्य की आराधना करनी है। उसका अभ्यास भी सत्य सेवन के लिए है और अन्य वस्तु को लेकर उदासीन और निस्पृही बनना है। यदि शोध सत्य की है तो वह निःस्वार्थ ही होगी और इस निःस्वार्थ अनाशक्त शोध में स्वयं के दुःख या आपभोग का दर्द नहीं होता। सत्य तो अपने प्रकाश से स्वयं दैदीप्यमान है, स्वयं उजागर है। सत्य और इस कारण सत्याग्रह को छुपाने की जरूरत नहीं। ''सत्य को कभी छुपाने की जरूरत नहीं। यही कारण है कि सत्याग्रही की कभी छुपी सेना नहीं बन सकती।''[112]

गांधीजी के लिए सत्य सर्वोपरि, अटल और अविनाशी होने के

कारण किन परिस्थिति में सत्य का ह्रास कर असत्य वचन कर सकते हैं, ऐसे सवाल उठते ही नहीं। "जिन्हें सत्य की राह लेनी है, उनके सामने ऐसे धर्मसंकट नहीं आते।"[113] ऐसे सत्य की आराधना और सत्य सेवन हिंसा से सम्भव नहीं। हिंसा तो मनुष्य को अपनी और अन्य की मानुसाई से दूर ले जाती है। इस कारण दया बल का साधन धारण करने वाला अन्य का बलिदान लेने की सोच ही नहीं सकता, आप भोग ही उनके लिए श्रेष्ठ राह है। अहिंसा का अर्थ ही सर्वव्यापी प्रेम होता है।

ब्रह्मचर्य को गांधीजी महाव्रत कहते हैं। ब्रह्मचर्य का व्रत, अन्य व्रतों की माफिक सत्यव्रत से ही सम्भव है। जो मानुस केवल सत्य की आराधना करता है, जिसकी चाह सत्यव्रती बनने की है, वह और किसी वस्तु के प्रति आसक्त, नहीं हो सकता, सत्य के अलावा किसी भी चीज़ के प्रति आसक्ति, उसे पाने की चाह ही व्यभिचार है। इसमें विषयविकार की आराधना जैसा सीमित अर्थ नहीं है। ब्रह्मचर्य का संकुचित अर्थ जननेन्द्रिय संयम या विकार दमन किया जाता है। यह तो ब्रह्मचर्य की सम्भावनाओं को सिकुड़कर रख देता है। ब्रह्मचर्य यानी ऐसी चर्या, ऐसा आचरण जो ब्रह्म के, सत्य के समीप ले जाए। तो सत्य की आराधना के लिए जो भी आचरण या चर्चा हो, वह ब्रह्मचर्य है।

गरीबी अपनाने का अर्थ तो शरीरसुख, उपभोग की चाह पर लगाम। ऐसे अंकुश के न रहते मानुस शरीरसुख में ही सार्थक्य खोजता है। यही इच्छा तो आधुनिक सुधार है। तो गरीबी, यानी की शरीरसुख की इच्छा पर नियंत्रण, सच्चे सुधार के लिए, सत्याग्रह के लिए जरूरी है। पैसे के प्रति, शरीरसुख के प्रति बेपरवाह रहना सत्याग्रही के लिए जरूरी है। "अभय बिना सत्याग्रही की गाड़ी एक डग भी नहीं चल सकती। अभय सर्वथा एवं सर्ववस्तु के लिए उचित है। धन-सम्पति से, झूठे मान से, सगे-सम्बन्धी से, राजदरबार से, चोट-पीड़ा से, मृत्यु से, अभय हो तभी सत्याग्रह पालन सम्भव है।"[114]

जो मम् भाव अपने और अपनों के प्रति अनासक्त बनाए, उसी के लिए सर्वथा और सर्ववस्तु अभय सम्भव है। इस प्रकार सत्य सेवन, ब्रह्मचर्य, अपरिग्रह, अभय और अन्य की मानुसाई में आस्था सत्याग्रही के गुण हैं। पर ये गुण ऐसे नहीं हैं कि एक बार धारण करने के बाद

उनकी तरफ बेदरकार हो सकें। इन आचरण के प्रति हर हमेशा समानता आवश्यक है। निरन्तर जागृति और आत्मपृछा के न रहते सत्याग्रही रह पाना दुष्कर है।

ऐसे सत्याग्रह को गांधीजी सर्वधारी तलवार कहते हैं। "सत्याग्रह, यह सर्वधारी तलवार है। जितना उपयोग, उतनी उपयोगिता। चलाने वाला भी सुखी, जिस पर चली वह भी सुखी। वह लहू नहीं बहाती लेकिन उसके परिणाम अधिक गहन होते हैं। उस पर जंग नहीं चढ़ता। उसे कोई ले जा नहीं सकता। सत्याग्रही की स्पर्धा में थकान नहीं होती। सत्याग्रही की तलवार को म्यान की जरूरत नहीं। उसे कोई छीन नहीं सकता।"[115]

सत्याग्रह 'सर्वधारी', यानी उसे हर कोई धारण कर सकता है– सत्याग्रही के आचरण को जो भी अपनाए, वह सब। और उसका असर सर्व ऊपर होता है। जिस पर सत्याग्रह करते हैं, वे और जो सत्याग्रह करता है, वह भी। ऐसी सर्वधारी तलवार निर्बल का नहीं किन्तु जो सच्चे अर्थ में वीर है, अभय है, उसका साधन है।

यदि सत्याग्रह सर्वधारी प्रथा है, अनन्य साधन है तो उसके ऐतिहासिक प्रमाण क्या हैं? गांधीजी इस सवाल के उत्तर में इतिहास बोध के बारे में महत्त्वपूर्ण विधान करते हैं। उनकी सोच के अनुसार इतिहास और अंग्रेजी शब्द 'हिस्ट्री' पर्यायवाचक नहीं हैं। इतिहास का शब्दार्थ है 'ऐसा हो गया'। 'हिस्ट्री' के मायने हैं 'कोलाहल'। हिस्ट्री (कोलाहल) में बादशाहों की तवारीख दर्ज होती है, प्रजा जीवन की नहीं। "राजा क्या खेल खेलते, कैसे खून करते, कैसे बैर करते, यह सब 'हिस्ट्री में मिलता है।"[116] इतिहास में इसके विपरीत प्रजा की करनी दर्ज होती है। इस कारण यदि हम सत्याग्रह के प्रमाण 'हिस्ट्री' में खोजें तो वह कोयले की खान में चाँदी खोजने बराबर होगा। हमें समझना होगा कि दुनिया हथियार बल पर नहीं बल्कि सत्य, दया या आत्मबल पर टिकी है। "सैकड़ों प्रजा सहज साथ रहती रही है, यह 'हिस्ट्री' में दर्ज नहीं होता। 'हिस्ट्री' दर्ज कर भी नहीं सकती। दया, प्रेम और सत्य का प्रवाह जब–जब रुका, भंग हुआ, उस पर नजर पड़ी और वह तवारीख में दर्ज हुआ।"[117] तवारीख में, 'हिस्ट्री' में कोलाहल की,

रुकावट की, हिंसा की अस्वाभाविक घटना दर्ज होती है, जो जीवन का आधार है, जो स्वाभाविक है, ऐसे सत्याग्रह की नहीं। 'हिस्ट्री' अस्वाभाविक घटना दर्ज करती है, सत्याग्रह स्वाभाविक है इसलिए वह दर्ज नहीं हो पाता।''[118]

गांधीजी इस प्रकरण में दया और आत्मबल के सत्य में अपने आस्था की चर्चा करते हुए कवि तुलसीदास की पंक्ति दर्ज करते हैं : ''दया धर्म को मूल है, देह मूल अभिमान; तुलसी दया न छाड़िए, जब लग घट में प्राण।''[119] हिन्दी प्रदेश की मौखिक परम्परा में इसका प्रचलित रूप गांधीजी की दर्ज पंक्ति से भिन्न है : ''दया धर्म को मूल है, पाप मूल अभिमान'', इस प्रकार उन्होंने प्रचलित 'पाप' के बदले 'देह' शब्द का प्रयोग किया।

इस बदलाव से तुलसीकृत विचार में बुनियादी परिवर्तन होता है। क्या यह सिर्फ स्मृतिलोप या अन्य मौखिक परम्परा का सवालमात्र है? यह परिवर्तन गांधीजी के दर्शन अनुसार है। उनकी सोच में देह सर्व अभिमान और इस कारण पाप का मूल है। मानुस पाप करने के लिए देह की विकार और विषय इच्छा से इच्छुक होता है। देह और उसकी आसक्ति, मानुस को ब्रह्मचर्य आचरण में रुकावट करता है, ईश्वर प्राप्ति एवं सत्य आचरण में बाधा डालता है। देह सुख की इच्छा को ही उन्होंने कुधार, शैतानी राज्य और कलि युग समान कहा है। इस कारण तर्कसंगत तो यही है कि गांधीजी ने 'पाप' की जगह 'देह' शब्द का प्रयोग सहेतुक किया।

शिक्षा

यदि आत्मसमानता और जीवनपर्यन्त साधना सत्याग्रही के लिए आवश्यक है, तो सवाल उठता है कि सत्याग्रही की शिक्षा कैसी होनी चाहिए। गुजराती में शिक्षा के लिए सुन्दर शब्द है 'केलवणी'। इसका अर्थ शिक्षा से कहीं अधिक होता है। यह शब्द ऐसी प्रथा को इंगित करता है जिसमें मानुस का मन, हृदय, शरीर एवं बुद्धि, एक साथ और समान रूप से गठित हो।

हक्सले के शिक्षा और शिक्षित मानुस विषय विचार को गांधीजी दर्ज करते हैं : "सच्ची शिक्षा उस मानुस ने पाई है जिस मानुस का शरीर यों प्रशिक्षित है कि वह उसके वश में रह सके, चैन और सरलता से सौंपे काम वह शरीर कर सके। सच्ची शिक्षा उस मानुस ने पाई है जिसकी बुद्धि शुद्ध है, शान्त है और न्यायदर्शी है। सच्ची शिक्षा उस मानुस ने पाई है जिसका मन कुदरत के नियमों से भरपूर है और जिसकी इन्द्रियाँ उसके वश में हैं। जिसकी अन्त:वृत्ति विशुद्ध है, और जो मानुस नीच कार्य को धिक्कारता है तथा दूसरों को अपने समान मानता है। ऐसा मानुस सच में शिक्षित माना जाएगा क्योंकि वह कुदरत के नियमानुसार चलता है। कुदरत उसका सही उपयोग करेगी और वह कुदरत का सही उपयोग करेगा।"[120]

शिक्षा का सही अर्थ तो यह होता है कि मनुष्य अपने आप से और कुदरत से इस तरह जुड़ा हुआ है जैसे शब्द और लय। वह एक लय है अपने आप से और कुदरत के साथ। गांधीजी को शिक्षा को केवल अक्षरज्ञान तक सीमित करने में आपत्ति है। शिक्षा का हेतु मानुस की

ईमानदारी, दुनियावी व्यवहार में नीतिवान आचरण होना चाहिए। और आधुनिक अंग्रेजी शिक्षा में जिसका छेद उड़ गया वह नीति शिक्षण है। आधुनिक अंग्रेजी शिक्षण ने हमारी गुलामी की नींव रखी। अंग्रेजी शिक्षा के साथ ही आधुनिक सभ्यता आई, जिसके बोझ नीचे हिन्द कुचला जा रहा था। आधुनिक अंग्रेजी शिक्षा ने यदि हमारी गुलामी की नींव रखी तो वह हमारे स्वराज की, मुक्तिबोध की जननी कभी नहीं हो सकती। ''करोड़ों लोगों को अंग्रेजी शिक्षा देना उन्हें गुलामी में झोंक देने समान है। मैकॉले ने जिस शिक्षा की नींव रखी, वह सच में गुलामी की नींव थी।... हम स्वराज की बात परिभाषा में करते हैं। यह कैसी कंगाली है?''[121] और जो शिक्षा अंग्रेज ठुकरा चुके थे, वह हमारा शृंगार बनी। परिणाम हमारी दशा कैसी हुई? ''हम एक-दूसरे को पत्र लिखते हैं तो गलत-शलत अंग्रेजी में। ऐसी घटिया अंग्रेजी से साधारण एम.ए. पास भी मुक्त नहीं। हमारे सरस से सरस विचार की अभिव्यक्ति का माध्यम अंग्रेजी, हमारी कांग्रेस का चलन भी अंग्रेजी में। हमारे श्रेष्ठ अखबार भी अंग्रेजी में। यदि ऐसा लम्बे अरसे तक चलता रहा तो आनेवाली प्रजा हमारा तिरस्कार करेगी, और उनका शाप हमारी आत्मा को लगेगा।''[122] गांधीजी की दलील है कि अंग्रेजी शिक्षा पाकर हमने देश को गुलाम बनाया है। ''हिन्दुस्तान को गुलाम बनाया, तो हम अंग्रेजी जानने वालों ने। प्रजा की हाय अंग्रेजों पर नहीं पड़ेगी, हमारे ऊपर पड़ने वाली है।''[123] गांधीजी हमारे सुधार, स्वराज, आत्मज्ञान और नीति-रीति को दृढ़ करे, ऐसी शिक्षा की हिमायत करते हैं। उनकी चाह भारत की सभी भाषाओं को उज्ज्वल करना है। यदि ऐसा हो जाए तो उन्हें विश्वास है कि हम आपसी व्यवहार में अंग्रेजी को हांक बाहर कर सकते हैं। गांधीजी यह स्वीकार करते हैं कि हम अंग्रेजी शिक्षा और आधुनिक सभ्यता के रोग से ऐसे घिर गए हैं कि अंग्रेजी शिक्षा बिलकुल लिए बिना काम चल सके, ऐसा समय अब नहीं रहा। वह अक्षर-ज्ञान का हर स्थिति में खंडन नहीं कर रहे। ''मात्र इतना कहना चाहता था कि उस ज्ञान की हम मूर्ति पूजा न करें। यह हमारी कामधेनु नहीं है, वह अपनी जगह शोभा दे सकती है। उसकी जगह यह है कि जब मैं और आप अपनी इंद्रियों को वश में कर लें, नीति की मजबूत नींव डाल लें तब

अक्षर-ज्ञान पाने की इच्छा हो तो उसे पाकर हम उसका सदुपयोग कर पाएँगे।''[124] क्या सदुपयोग हो सकता है, इस शिक्षा का? साफ है कि इसका उपयोग करोड़ों हिन्दुस्तानियों के लिए नहीं लेकिन सिर्फ अंग्रेजी पढ़े-लिखे लोगों के लिए ही हो सकता है। गांधीजी स्वीकार करते हैं कि अंग्रेजी शिक्षा से कुछ लोगों में नया उत्साह उपजा है। इस उत्साह का उपयोग दम्भी और स्वार्थी मुल्लाओं, दस्तूर और ब्राह्मण के हाथों से धर्मशिक्षा को मुक्त कर प्रजा को नीति शिक्षा दें किन्तु सबसे महत्त्व का कार्य तो यही हो सकता है कि हम जो गुलाम हैं-और हमारी गुलामी के कारण प्रजा गुलाम है-हमारी गुलामी से मुक्त हो जाएँ तो प्रजा तो मुक्त ही है। गांधीजी पुनरोक्ति करते हैं कि देश तो मुक्त ही है, केवल अंग्रेजी शिक्षा के शिकंजे में आई हिन्दी ही गुलाम है। ''हिन्द के सागर किनारे मैल जमा हो गई है। उस मैल के दाग जिन पर लगे हैं, वे हम है, उन्हें साफ करना होगा। वे दाग हमारे स्वयं के प्रयत्न से अधिकांशत: साफ हो सकते हैं। मेरी टीका करोड़ों पर लागू नहीं होती। हिन्दुस्तान को मूल दिशा पर लाने के लिए हमें स्वयं मूल दिशा पर आना होगा। बाकी करोड़ों तो मूल दिशा पर ही हैं।''[125]

गांधीजी एक महत्त्व की प्रक्रिया को नजरअन्दाज कर रहे हैं। परम्परागत समाज और व्यवस्था में जिस समुदाय को शिक्षा से वंचित रखा जाता रहा है वह समुदाय आधुनिक अंग्रेजी शिक्षा में पहली बार मुक्त साँस ले सकता है। किन्तु यह सोच गांधीजी के दायरे से हिन्द स्वराज लिखते वक्त तो जरूर बाहर थी।

कल-यन्त्र

कल-यन्त्र के न रहते आधुनिक अर्थ-व्यवस्था, उपनिवेशवाद और आधुनिक सभ्यता की कल्पना करना दुष्कर है।

आधुनिक उत्पादन, वितरण और उपभोग व्यवस्था में कल-यन्त्र और मूड़ी का समीकरण बुनियादी है। इस समीकरण की नींव ऊपर यह व्यवस्था बनी है, ठीक है। इस समीकरण पर जो टिप्पण हुए उन्हें मोटे-मोटे तौर पर दो तड़ों में विभाजित किया जा सकता है। यह तड़ कल-यन्त्र और मूड़ी के समीकरण को लेकर नहीं किन्तु मूड़ी की मालिकी और इस कारण कल-यन्त्र, उत्पादन एवं वितरण प्रथा पर नियन्त्रण को लेकर है। मूड़ी की मालिकी दो प्रकार की हो सकती है–निजी या सामुदायिक या फिर समुदाय के नाम पर राज्य की। मूड़ी की मालिकों को लेकर जो उत्पादन के सम्बन्ध बनते हैं उस पर विषद् राजकीय-सामाजिक दर्शन हैं।

लेकिन कल-यन्त्र की अनिवार्यता पर, कल-यन्त्र से औद्योगिक उत्पादन की इच्छनीयता पर कोई बुनियादी सवाल नहीं है। कल-यन्त्र नींव रूप है, उनके ऊपर मूड़ी की मालिकी अनुसार इमारत खड़ी करने के प्रयास किए जाते रहे हैं। कल-यन्त्र की अनिवार्यता का स्वीकार यानी आधुनिक अर्थ-व्यवस्था का स्वीकार, आधुनिक सभ्यता की हिमायत। तो मूड़ी सम्पादन, मालिकी और नियन्त्रण को लेकर बुनियादी मतभेद के बावजूद कल-यन्त्र की अनिवार्यता और इच्छनीयता पर कोई सवाल नहीं है।

गांधीजी कल-यन्त्र को आधुनिक सुधार की बुनियादी जरूरत

मानते हैं। यदि पश्चिम के सुधार को हांक बाहर निकालने की बात हो, वही स्वराज का अर्थ हो तो कल-यन्त्र के द्वारा उत्पादन की व्यवस्था की हिमायत सम्भव ही नहीं। "मशीन आधुनिक सुधार की मुख्य निशानी है, महापाप है, यह मैं साफ देख पा रहा हूँ।"[126]

गांधीजी स्वदेशी के माध्यम से स्वराज प्राप्ति की राह दिखाते हैं। उनकी सोच में अंग्रेजों को दोष देना जरूरी नहीं है। अंग्रेज तो अपने सुधार की, अपने कल-यन्त्र की, अपनी आधुनिक सभ्यता की हिमायत तो करेंगे ही। वे अपने उत्पादों के लिए नए बाजार ढूँढ़ेंगे, उनकी सरकार भी इसकी सहायता करेगी। सवाल हिन्दुस्तानियों का है। यदि हम उनका बनाया माल नहीं खरीद करते तो वे किसे बेचेंगे? इस कारण मैनचेस्टर को दोष देना आसान परन्तु भ्रामक होगा। "मशीन की चपेट लगते ही हिन्दुस्तान कंगाल हो गया। मैनचेस्टर हमें जो नुकसान पहुँचा रहा है उसकी कोई सीमा नहीं है। हिन्दुस्तान से कोई कारीगिरी तो लगभग चली ही गई, यह देन है मैनचेस्टर की। लेकिन मैं भूल कर रहा हूं। मैनचेस्टर को दोष कैसे दें, हमने उनके कपड़े पहने तभी मैनचेस्टर ने उन्हें बुना।"[127]

स्वराज इच्छुक प्रजा की गुलामी में स्वयं की जो भूमिका है, जो योगदान और हिस्सेदारी है, उससे जाग्रत् होना प्रथम आवश्यकता है। अन्यों को अपनी गुलामी का कारण मानने से प्रजा की गुलामी कभी दूर नहीं होती। यदि हम गुलाम बनकर नहीं रहना चाहते तो कोई ताकत हमें गुलाम नहीं रख सकती। इस कारण गांधीजी स्वदेशी और स्वराज का सम्बन्ध स्पष्ट करते हैं। स्वदेशी केवल घरेलू उत्पादन नहीं है। घरेलू उत्पादन भी पश्चिम के इजात किए कल-यन्त्र की मदद से हो सकता है। लेकिन जैसा गांधीजी समझा चुके हैं कि हमें बाघ का वेश चाहिए किन्तु स्वभाव नहीं, यह भी सम्भव नहीं। हिन्दुस्तान में मैनचेस्टर की स्थापना से हमारी गुलामी का जुआ और भी मजबूती से हमारे गले में फँसेगा।

"परन्तु मुझे तो यह कहना ही होगा कि हिन्दुस्तान में मिल लगने से अच्छा है मैनचेस्टर को पैसा देकर उनका सड़ा कपड़ा पहनना क्योंकि उनका कपड़ा पहनने से मात्र हमारा पैसा जाता है। अपने हिन्दुस्तान में

मैनचेस्टर की स्थापना से पैसा तो हिन्दुस्तान में रहेगा परन्तु यह पैसा हमारा खून ले लेगा, हमारी नीति हमसे छीन लेगा।''[128]

दो प्रकार की दलील है इस सोच के पीछे। एक तो कल-यन्त्र इकलौता, अटूला नहीं होता। यह एक प्रथा है। कल-यन्त्र से उत्पादन का अर्थ पूरी व्यवस्था खड़ी करना होगा। और यदि हिन्दुस्तान में ऐसी व्यवस्था खड़ी हुई तो सच्चे सुधार से स्वराज प्राप्ति की चाह केवल निरा सपना बनकर रह जाएगी। वह कहते हैं : ''मशीन तो बांबी है और उसमें एक सर्प नहीं, सैंकड़ों होते हैं। एक के पीछे दूसरा, यो लगे रहते हैं। जहाँ मशीन वहाँ बड़ा शहर। जहाँ बड़ा शहर वहाँ ट्रामगाड़ी और रेलगाड़ी।''[129] एक के बाद दस और दस के बाद सौ, पूरी प्रथा कायम किए बगैर कल-यन्त्र का उत्पादन सम्भव नहीं।

दूसरी सोच है कि यदि हमारे यहाँ आधुनिक उत्पादन प्रथा आए तो क्या हम आधुनिक सभ्यता की गिरफ्त से दूर थोड़े रह पाएँगे? हिन्दी धनिक और धनिकों की तरह ही आचरण करेंगे। उनकी नीति भी अन्य धनिकों की तरह ही होगी। अंग्रेजी राज्य की हिमायत करने वाले, उसे बनाए रखनेवाले भी हिन्दी धनिक थे, तो क्या उनकी नीति बदलेगी? ''जिन्होंने पैसा जमा किया है, उनकी नीति अन्य पैसेवालों से बेहतर नहीं हो सकती। अमेरिकी रॉकफेलर की तुलना में हिन्दी रॉकफेलर किसी भी तरह से कम साबित हो, ऐसा मानना अज्ञान होगा। गरीब हिन्दुस्तान मुक्त हो सकता है, पर अनीति से धनवान बने हिन्दुस्तान का छुटकारा कभी नहीं।''[130]

गांधीजी अर्थ-व्यवस्था और उसकी नीति का सम्बन्ध साफ देख पा रहे हैं। हर अर्थ-व्यवस्था का उत्पादन और मालिकी प्रथा का अपना तर्क होता है। यह तर्क उत्पादन व्यवस्था से स्वायत्त नहीं हो सकता, यह प्रथा का अभिन्न अंग है। इस कारण यह सोचना कि हम प्रथा अपनाएँ पर अपनी बिलकुल भिन्न नीति को पुष्ट कर पाएँ, यह सम्भव नहीं। हर व्यवस्था की अपनी नीति होती है। इस कारण हिन्दी धनिक की नीति अन्यों की तुलना में बुनियादी तौर से अलग हो और बेहतर भी, यह दलील गांधीजी को स्वीकार नहीं।

गांधीजी के आर्थिक विचार का यह पहलू उन्हें अन्य चिन्तकों से

अलग करता है। अर्थ-व्यवस्था नीतिमय होनी चाहिए, यह उनका आग्रह रहा। यह नीति केवल मुनाफे में हिस्सेदारी, वितरण व्यवस्था की समता तक सीमित नहीं है। उनके लिए मूल सवाल यह है कि क्या यह व्यवस्था स्वराज प्राप्ति में सहायता करेगी? स्वराज को सुदृढ़ बनाने में हिस्सेदार बनेगी? गुलाम प्रजा के लिए स्वराज से अधिक कोई नीति नहीं हो सकती। इस कारण जो भी स्वराज में अवरोध बने उसे अनीतिप्रद ही मानना पड़ेगा। उन्हें एक ही धूनी रमानी है, वह है स्वराज की।

वे जानते हैं कि उनकी सोच लोगों से बुनियादी परिवर्तन की अपेक्षा रखती है। यह परिवर्तन केवल एक व्यक्ति से नहीं किन्तु देशप्रजा से अपेक्षित है। ऐसी दुष्कर अपेक्षा के कारण ही हम हिन्द स्वराज से व्याकुल बनते हैं। यह एक दिन में सम्भव हो, ऐसा परिवर्तन भी नहीं। पर हर कोई जब सोच बदले और सही राह-सुधार अपनाए तब तक हाथ पर हाथ धरे बैठना भी नीति नहीं है।

"समझें तो खेल सहज और छोटा है। कोई दूसरा करे, हमें आपको इसकी राह नहीं देखनी। हम जैसे ही समझें, तुरन्त शुरुआत कर दें। करेंगे तो हमारा संकल्प भी जाता रहेगा। समझते हुए भी जो न करे वह तो भग ही माना जाएगा।"[131]

छुटकारा

'छुटकारा' अपने आप से, स्वयं की लालसा, विकार, लोभ, मोह और भय से, छुटकारा कलियुगी, शैतानी राज्य समान कुधार से, छुटकारा हमारे स्वयं के भय से, छुटकारा अंग्रेज और उनकी सभ्यता से। 'छुटकारा' तभी होगा जब हम निर्भय होकर, अपने स्वार्थ, डर, लालसा और निष्क्रियता का सामना करें। छुटकारा तभी होगा जब धर्मिष्ठ बन, नीति पालन और फर्ज परायण हो स्वदेशी, सत्याग्रह को अपनाकर स्वयं पर राज्य करें।

स्वराज कोई दूसरे के लिए ले नहीं सकता। जिसको स्वराज प्राप्त है उसे कोई गुलाम बना नहीं सकता। दूसरों के प्रयत्न से मिला राज्य स्वराज नहीं परराज्य है, यहाँ गांधीजी स्वराज की स्वयं की धारणा में आस्थावान है। "यदि आप सच्चा स्वराज चाहते हैं : तो जैसा मैंने ऊपर बताया उसी प्रकार सम्भव है।"[132]

यह स्वराज न तो 'एक्सट्रीमिस्ट' के गोला-बारूद से मिल सकता है, न तो सम्भव है 'मॉडरेट' की हीनता भरी याचना से। स्वराज मिलेगा सभी हिन्दी के सत्याग्रह से। "स्वराज तो सभी को स्वयं लेना होगा, अपनाना होगा।"[133]

हमारे आपसी अविश्वास, भय और अँधेर के डर से अंग्रेज को बना रहना चाहिए, यह दलील एक क्षण स्वीकार्य नहीं। अंग्रेजी सम्बन्ध रखना, जरूरी समझना हमारे ईश्वर के साथ चोरी के समान है। अपना अँधेर दूसरे के दिए प्रकाश से इच्छनीय है।

"अंग्रेज गठरी बाँध चले जाएँ तो क्या हिन्दुस्तान राँड हो जाएगा,

ऐसा मत समझें। वे गए, तब जो दबाव में रह रहे हैं, वे लड़ लें, यह सम्भव है। रिसते घाव दबाने से कोई फायदा नहीं। वह फूटे तभी राहत।''[134]

गांधीजी अंग्रेज को चेतावनी देते हुए सत्याग्रह के पाठ पढ़ाते हैं। कहते हैं कि हमारा द्वेष आपके साथ नहीं, आपके सुधार के प्रति है। यह लड़ाई निजी नहीं सुधार की है। इस कारण हिन्दीओं की छोटी-मोटी माँग स्वीकार या अस्वीकार करने में लड़ाई की हार-जीत तय नहीं होती। हिन्दुस्तान की प्रजा एक बार जाग उठे तो अंग्रेजों का हिन्द में, उनके सुधार समेत रह पाना सम्भव नहीं। वे जानते हैं कि अंग्रेज सत्ता के मद में अन्ध है और हिन्दुस्तान की सच्ची आवाज़ सुनने के लिए राजी भी नहीं।

''सत्ता के मद में यह बात आप हँसी में उड़ा दें, यह सम्भव है। आपका हँसना मिथ्या है। यह हम आपको तत्काल नहीं समझा पाएँगे लेकिन यदि हममें दम होगा तो आप देखेंगे कि आपका मद व्यर्थ है। और आपका हँसना विपरीत बुद्धि की निशानी है।''[135]

हिन्द में आनेवाले अंग्रेज अंग्रेजी प्रजा के सच्चे नमूने नहीं हैं, कहनेवाले गांधीजी अंग्रेजों की मानुसाई और धर्म परायणता को भली-भाँति समझते हैं और उसकी याद अंग्रेजों को दिलाकर सत्याग्रह और संवाद का न्यौता देते हैं। ''हम तो मानते हैं कि हृदय से आप धर्मी प्रजा के मानुस हैं। हम तो धर्मस्थान में ही बसे हैं।''[136]

अंग्रेज और हिन्द की प्रजा में यदि संवाद हो तो फायदा दोनों को और दुनिया को भी होगा। लेकिन यह संवाद गुलामी के बने रहने से, कुधार आचरण से नहीं सम्भव। यह संवाद नीति का है तो उसकी जड़ भी नीति से पुष्ट होनी चाहिए। ''लेकिन यह तो तभी हो पाएगा जब हमारे सम्बन्ध की जड़ धर्मक्षेत्र में डली हो।''[137]

लेकिन अंग्रेज से और हिन्द की प्रजा से यह सब कौन कह सकता है? वही हिन्दी, जिन पर खरी-खुमारी चढ़ी हो, वह ही बिना रोष में दबे ऐसी बात कर सकते हैं। खरी-खुमारी उसी हिन्दी में रम सकती है जो हिन्द की दशा से व्याकुल हों, जिसने विष का प्याला पी लिया हो, जो आत्मबल अनुभव कर तोपबल को ठुकरा चुके हों, और जिन्हें हिन्द के

सुधार पर ज्ञानपूर्वक आस्था हो। यदि एक भी ऐसा हिन्दी हो तो उसकी आवाज़ अंग्रेज को सुननी होगी। ''ऐसा एक भी हिन्दी हो तो वह ऊपर कही बात अंग्रेज से कह पाएगा, और अंग्रेज को वह बात सुननी पड़ेगी। ऊपर कही माँग, माँग नहीं, वह हिन्द की मनोदशा सूचित करती है।''[138]

हिन्द की सन्तान को चाहिए कि वह अपनी गुलामी को समझें, अपने किए पर शोक और पश्चाताप करें। ''समस्त हिन्दी समझें कि यह समय पश्चात्ताप का, प्रायश्चित्त का, शोक का है।''[139]

हरेक हिन्दी को अपना दीया खुद जलाना होगा। जो हिन्दी खरी-खुमारी में रमे, सत्याग्रही बन अंग्रेज सुधार को फटकार करेगा वह जानता है कि स्वराज स्वयं के मन का राज्य है, उसकी कुंजी सत्याग्रह और आत्मबल है, स्वदेशी उसका साधन है और अपने आपको और हिन्द को स्वराज दिलाना उसका कर्त्तव्य है।

खरी-खुमारी में रमा हिन्दी ही सिर्फ एक प्रजा हो सकता है, एक आस्था व्यक्त कर सकता है : ''स्वराज पाने खातिर यह देह समर्पित है, मेरा मन साक्षी है, बस।''[140]

सन्दर्भ

1. मो. क. गांधी, हिन्द स्वराज, मूल गुजराती से हिन्दी में अनुवाद सुरेश शर्मा, त्रिदीप सुहृद (नई दिल्ली : ओरिएंटल ब्लैक स्वान, 2010) पृ. 7 हिन्द स्वराज के सभी आधार इस ग्रंथ से है।
2. हिन्द स्वराज, पृ. 10
3. हिन्द स्वराज, पृ. 11
4. हिन्द स्वराज, पृ. 11
5. हिन्द स्वराज, पृ. 14
6. हिन्द स्वराज, पृ. 13
7. हिन्द स्वराज, पृ. 13
8. हिन्द स्वराज, पृ. 14
9. हिन्द स्वराज, पृ. 15
10. हिन्द स्वराज, पृ. 15
11. हिन्द स्वराज, पृ. 15
12. हिन्द स्वराज, पृ. 17
13. हिन्द स्वराज, पृ. 17
14. हिन्द स्वराज, पृ. 16
15. हिन्द स्वराज, पृ. 17
16. हिन्द स्वराज, पृ. 17-18
17. हिन्द स्वराज, पृ. 18
18. हिन्द स्वराज, पृ. 19
19. हिन्द स्वराज, पृ. 19
20. हिन्द स्वराज, पृ. 20
21. हिन्द स्वराज, पृ. 21
22. हिन्द स्वराज, पृ. 19
23. हिन्द स्वराज, पृ. 21-22

24. हिन्द स्वराज, पृ. 24
25. हिन्द स्वराज, पृ. 24
26. हिन्द स्वराज, पृ. 24
27. हिन्द स्वराज, पृ. 24
28. हिन्द स्वराज, पृ. 24
29. हिन्द स्वराज, पृ. 24
30. हिन्द स्वराज, पृ. 24
31. हिन्द स्वराज, पृ. 25
32. हिन्द स्वराज, पृ. 25
33. हिन्द स्वराज, पृ. 25
34. हिन्द स्वराज, पृ. 27
35. हिन्द स्वराज, पृ. 27
36. हिन्द स्वराज, पृ. 27
37. हिन्द स्वराज, पृ. 28
38. हिन्द स्वराज, पृ. 28
39. हिन्द स्वराज, पृ. 27
40. हिन्द स्वराज, पृ. 30
41. हिन्द स्वराज, पृ. 30
42. हिन्द स्वराज, पृ. 30
43. हिन्द स्वराज, पृ. 30
44. हिन्द स्वराज, पृ. 30
45. हिन्द स्वराज, पृ. 31
46. हिन्द स्वराज, पृ. 34
47. हिन्द स्वराज, पृ. 36
48. हिन्द स्वराज, पृ. 34
49. हिन्द स्वराज, पृ. 34
50. हिन्द स्वराज, पृ. 35
51. हिन्द स्वराज, पृ. 36
52. हिन्द स्वराज, पृ. 36
53. हिन्द स्वराज, पृ. 36
54. हिन्द स्वराज, पृ. 36–37
55. हिन्द स्वराज, पृ. 37
56 हिन्द स्वराज, पृ. 37
57. हिन्द स्वराज, पृ. 37
58. हिन्द स्वराज, पृ. 37–38

59. हिन्द स्वराज, पृ. 39
60. हिन्द स्वराज, पृ. 40
61. हिन्द स्वराज, पृ. 39
62. हिन्द स्वराज, पृ. 41
63. हिन्द स्वराज, पृ. 42
64. हिन्द स्वराज, पृ. 43
65. हिन्द स्वराज, पृ. 43
66. हिन्द स्वराज, पृ. 40
67. हिन्द स्वराज, पृ. 43
68. हिन्द स्वराज, पृ. 41
69. हिन्द स्वराज, पृ. 41
70. हिन्द स्वराज, पृ. 45
71. हिन्द स्वराज, पृ. 45
72. हिन्द स्वराज, पृ. 45
73. हिन्द स्वराज, पृ. 45
74. हिन्द स्वराज, पृ. 47
75. हिन्द स्वराज, पृ. 47
76. हिन्द स्वराज, पृ. 47
77. हिन्द स्वराज, पृ. 47
78. हिन्द स्वराज, पृ. 48
79. हिन्द स्वराज, पृ. 48-49
80. हिन्द स्वराज, पृ. 49
81. हिन्द स्वराज, पृ. 49
82. हिन्द स्वराज, पृ. 50
83. हिन्द स्वराज, पृ. 50
84. हिन्द स्वराज, पृ. 50
85. हिन्द स्वराज, पृ. 50-51
86. हिन्द स्वराज, पृ. 51
87. हिन्द स्वराज, पृ. 51
88. हिन्द स्वराज, पृ. 51
89. हिन्द स्वराज, पृ. 51
90. हिन्द स्वराज, पृ. 53-54
91. हिन्द स्वराज, पृ. 54
92. हिन्द स्वराज, पृ. 54-55
93. हिन्द स्वराज, पृ. 55

94. हिन्द स्वराज, पृ. 56
95. हिन्द स्वराज, पृ. 55
96. हिन्द स्वराज, पृ. 57
97. हिन्द स्वराज, पृ. 58
98. हिन्द स्वराज, पृ. 60
99. हिन्द स्वराज, पृ. 61
100. हिन्द स्वराज, पृ. 61
101. हिन्द स्वराज, पृ. 61
102. हिन्द स्वराज, पृ. 61
103. हिन्द स्वराज, पृ. 61
104. हिन्द स्वराज, पृ. 61
105. हिन्द स्वराज, पृ. 63
106. हिन्द स्वराज, पृ. 63-64
107. हिन्द स्वराज, पृ. 64
108. हिन्द स्वराज, पृ. 64
109. हिन्द स्वराज, पृ. 65
110. हिन्द स्वराज, पृ. 65
111. हिन्द स्वराज, पृ. 41
112. हिन्द स्वराज, पृ. 68
113. हिन्द स्वराज, पृ. 68
114. हिन्द स्वराज, पृ. 68
115. हिन्द स्वराज, पृ. 66
116. हिन्द स्वराज, पृ. 62
117. हिन्द स्वराज, पृ. 63
118. हिन्द स्वराज, पृ. 63
119. हिन्द स्वराज, पृ. 62
120. हिन्द स्वराज, पृ. 71
121. हिन्द स्वराज, पृ. 72
122. हिन्द स्वराज, पृ. 72
123. हिन्द स्वराज, पृ. 73
124. हिन्द स्वराज, पृ. 71-72
125. हिन्द स्वराज, पृ. 74
126. हिन्द स्वराज, पृ. 75
127. हिन्द स्वराज, पृ. 75
128. हिन्द स्वराज, पृ. 75

129. हिन्द स्वराज, पृ. 77
130. हिन्द स्वराज, पृ. 75-76
131. हिन्द स्वराज, पृ. 77
132. हिन्द स्वराज, पृ. 78
133. हिन्द स्वराज, पृ. 78
134. हिन्द स्वराज, पृ. 78
135. हिन्द स्वराज, पृ. 80
136. हिन्द स्वराज, पृ. 80
137. हिन्द स्वराज, पृ. 80
138. हिन्द स्वराज, पृ. 81
139. हिन्द स्वराज, पृ. 82
140. हिन्द स्वराज, पृ. 83

●●●